KB128163

당신이 좋아진 날

당신이 좋아진 날

내 사랑은
미소가
되었다가
눈물이
되었다가

송정연 지음

RHK
알에이치코리아

스탕달이 말했습니다.

"사랑하는 순간부터는 아무리 현명한 사람이라도
무엇 하나 그냥 그대로 보지 못한다."

아파도 사랑하며 사는 게 낫다

헤밍웨이는 말했습니다.

"사랑에는 해피엔드가 없다."

나는 이 말에 반박하고 싶습니다. 사랑에는 해피엔드가 없는 것이 아니라 새드엔드가 없으니까요. 사랑한다는 건 아픈 기억조차 행복으로 남고 사랑으로 인한 상처조차 나중에는 너무나 아름답게 느껴지니까요. 사랑하면서 아프게 사는 것이 사랑 안 하고 안 아프게 사는 것보다 낫습니다. 사랑의 기억은 웃었든 울었든 인생을 더 충만하게 해주니까요. 그리고 진정한 부자는 추억 부자라고 생각합니다.

나도 사실 짝사랑 전문가였습니다. 늘 속으로만 사랑하면서 한마디 고백도 제대로 해보지 못한 채 무수히 속으로 차이고 또 차였습니다. 그러다 서로 손바닥이 마주치는 진짜 내 사랑을 만날 수 있었습니다. 실망과 절망을 반복하다 비로소 희망과 만난 셈이지요. 그렇지만 아직까지도 고백을 잘 하지 못해 여전히 차이고 또 차이고 있습니다. 인생의 관점에서 보면 말입니다.

제 주위에는 고백하지 못해 애태우는 사람들이 꽤 많습니다. 누군가를 사랑하면서도 마음을 제대로 표현하지 못하고 그냥 속만 태우고 있습니다. 그런 그들에게 나는 말합니다.

"네가 소양강 처녀야? 왜 애만 태우는데? 적극적으로 다가가 봐."

인연이 다가왔을 때 어떻게 받아들이느냐에 따라서 사랑의 문은 열리거나 닫히거나 하는 것을 많이 봐왔기 때문입니다. 한 유명 작가가 "정말 사랑하는 사람은 결혼하는 게 아니라 가슴에 품고 살아야 한다"고 했는데 그건 예외적인 일이라고 생각합니다. 사랑하는 사람이 있다면 마음에 품고 살지 말고 진짜 가슴에 품고 살아야지요.

사랑이란 어떤 것일까요? 그 사람을 처음 봤을 때 동공이 열리고 시선을 강탈당하고 눈에서 꿀물이 뚝뚝 떨어지는 것일까요? 그것은 TV에서 최강의 비주얼을 소유한 스타들을 봤을 때도 나타나는 현상입니다. 그보다 사랑이란 이런 것이 아닐까요? 나도 모르게 그 사람의 연락만 기다리고 있게 되는 것. 비가 오면 보고 싶고, 해가 질 때 함께 있고 싶은 마음. 괜히 걱정되고 신경 쓰이는 마음. 평생을 함께 하고 싶은 마음. 설렘에서 시작해 결국은 희생하고 곁에 끝까지 있어주는 것. 가슴 뛰는 사랑에서 감동을 주는 사랑으로 승화시켜가는 것. 그러니 사랑은 인생에서 최고로 멋진 일인 겁니다.

어떤 사랑이든 장애물이 주어집니다. 장애물은 연애 중에 나타나는가 하면 결혼하고 나서 나타나기도 합니다. 고난이 주어졌을 때 두 사람은 사랑의 장애물을 손잡고 같이 넘어내고 미소 짓거나, 아니면 장애물 앞에서 헤어지고 눈물을 흘립니다. 사랑이란 콩깍지만으론 안 되고 둘이 함께 끼는 손깍지가 풀리지 말아야 하나 봅니다. 그러니 사랑의 인연을 이어간다는 것은 얼마나 대단하고 숭고한 일인지요.

이 책에 실린 사연들은 실제로 있었던 이야기들입니다. 더러는 어떤 분들이 "에이, 설마 현실에 이런 일이 있겠어?" 하고 의혹의 눈초리를 보내오기도 했지만, 이 이야기들은 현실 속의 이야기들입니다. 리얼 스토리 뒤에는 제 마음속 사랑의 시선을 담아봤습니다.

사랑을 해보신 분이라면, 사랑이 내 앞에 나타나기를 기다리는 분이라면 이 글을 읽으면서 사랑에 대한 관점이 아름답게 치유되기를 바랍니다.

그런 작은 바람으로 한 줄 한 줄 썼습니다.

송정연

차 례

여는 글 아파도 사랑하며 사는 게 낫다 6

P a r t 1

최고로 행복한 순간은
사랑받고 있음을
확신할 때다

그의 단속에 걸렸습니다 15
당신을 위해 노래 부를 거예요 22
엄마가 준 용기 30
서점 오빠 36
짜장면 배달 왔습니다 44
너에게 받기만 했구나 51
너와 나의 속도 59

P a r t 2

새드엔드는 없다고
말하고 싶다

자네 어머니는 지금 뭐 하시는가 69
속으로만 좋아하다가 75
너의 영원한 팬이 될게 83
술만 마시면 우는 여자 91
사랑과 현실 사이에서 99
결혼을 싫어하는 남자 106
잘 지내길 바란다 114
기막힌 악연 123
행복한 결혼의 조건이란 130
강아지 사랑 137

P a r t   3

사랑을 하면 누구나
천국을 잠깐
훔쳐볼 수 있다

아직도 나를 좋아하는지 145

일기를 들키다 152

늘 너의 목소리가 들려 158

합기도 그녀 168

천사의 노래 174

그냥 나랑 결혼하자 183

냉장고를 잘 옮기는 여자 189

누나에게 가는 길 198

P a r t   4

이뤄질 수 없는 사랑은
이뤄질, 수없는 사랑이
되기도 한다

나란히 적힌 우리 이름 207

안을수록 아픈 사람 213

저 포기 안 해요 220

못 오를 나무인가요 229

너를 잃고 싶지 않았어 236

친구의 친구 241

미안하지만 사랑해요 248

그녀에게 장미 73송이를 254

여전히 당신을 사랑해요 262

닫는 글 누군가가 좋아진 날 268

Part 1

최고로 행복한 순간은
사랑받고 있음을 확신할 때다

아버지가 병원에 누워 계셨기 때문에 주중에는 회사를 다니고 주말에는 공장에서 야간작업을 하며 병원비를 보태야 했습니다. 그날도 힘들게 야간작업을 하고 아침에 퇴근하는 중이었습니다. 다른 날은 열두 시간을 일했지만 그날은 납품 기일을 맞춰야 했기에 열여섯 시간을 밤새 일하고 퇴근하는 길이었지요. 너무 피곤한 나머지 잘 다니지 않던 지름길을 택해서 운전을 했고 집에 가는 길을 향해 평상시처럼 유턴을 했습니다. 그런데 저쪽에서 경찰관이 차를 세우라고 하더라고요. 나한테 왜 저러나 싶어 의아한 표정으로 차를 세우고 창문을 내렸습니다. 경찰관이 말했습니다.

"유턴 위반하셨습니다. 면허증 제시해 주세요."

"왜요? 여긴 유턴 구역이 맞는데요."

"그게 말입니다. 평상시에 교통사고가 빈번하게 발생해서 얼마 전부터 유턴 금지로 바뀌었습니다. 면허증 제시해 주세요."

"이 길을 오랜만에 와서 바뀐 줄 몰랐어요. 죄송한데 한 번만 봐주시면 안 될까요? 저 힘들게 야간작업 하고 가는 길이거든요."

"안 됩니다. 면허증 제시해 주십시오."

"벌금이 얼마예요?"

"유턴 위반은 6만 원입니다."

"네? 6만 원이요?"

힘들게 일해서 받은 일당인데 3분의 1이나 벌금으로 물어야 한다니, 왈칵 눈물이 쏟아졌습니다. 면허증을 제시하고 경찰이 내미는 단말기에 연락처를 적고 서명을 하자 과태료 고지서가 나왔습니다. 고지서를 받아든 나는 그 자리에서 한참 울었습니다.

"이제 그만 출발해 주십시오. 여기 그냥 서 있으면 안 됩니다. 그런데 무슨 일이 있으십니까?"

"벌금 6만 원이면 저한테 너무나 큰돈이에요. 밤새 일하고 번 돈인데 이렇게 내야 하니까요."

"죄송합니다. 근데 어쩔 수 없습니다. 어서 출발하십시오. 뒤의 차들이 몰려듭니다."

나는 펑펑 울면서 차에 올라탔습니다. 쇼핑이나 여행을 하다가 단속에 걸렸다면 덜 속상했을 것입니다. 그날 집에서 좀 쉬고 아버지가 입원한 병원에 가 있었는데 모르는 번호로 문자 메시지가 왔습니다.

"진정이 좀 되셨습니까? 아까 우시는 모습 보고 저도 마음이 안 좋았습니다. 저는 아까 낮에 단속했던 교통순경입니다. 죄송합니다. 어쩔 수 없었습니다."

'어떻게 내 번호를 알았지?'

순간 그때 서명하면서 전화번호를 쓴 기억이 났습니다.

'흥! 병 주고 약 주는 건가? 근데 문자는 왜 해?'

답을 보내지 않고 그냥 무시해 버렸습니다. 그런데 다음날 또 문자가 왔습니다.

"이제 진정이 다 되셨는지요? 날씨가 참 좋습니다. 슬퍼하기보다 좋은 상상으로 하루를 보내십시오."

그 문자도 외면했습니다. 그런데 다음날 다시 문자가 왔습니다.

"저를 원망하지 마십시오. 그때 일이 너무 죄송하고 마음에 많이 걸려 문자를 보냈습니다. 그럼 앞으로 좋은 일만 있기를 바라며 이만 문자 보내는 것을 마치겠습니다."

문자를 보고 있는데 왠지 이 사람은 참 착한 사람이겠다 싶었습니다. 그래도 답해 줄 만한 경황은 없었습니다.

2개월 후 결국 아버지는 하늘나라로 가셨습니다. 장례식을 치르고 집에 들어와 한참을 울었습니다. 그런데 또 문자가 왔습니다.

"이 번호가 김수정 씨 전화가 아니라면 문자 주세요. 제가 번호를 잘못 알고 있을 수도 있으니까요."

순간 울컥하는 마음에 나는 전화를 걸고 말았습니다.

"이 전화, 김수정, 제 전화 맞아요. 근데 왜 자꾸 문자 보내시는 거예요?"

"아니 또 울고 계신 거예요? 우는 거 맞죠? 설마 그때부터 지금까지 울고 있는 거예요?"

그렇게 우리는 다시 만나게 되었습니다. 그가 주말에 만나자고 했고 만나서 함께 카페로 갔습니다. 그날 나는 오래오래 힘들게 살아온 내 사연을 털어놓았고, 어깨 위에 가득 실린 생계의 짐을 이야기하며 또 눈물을 흘렸습니다. 그러고 나서 우리는 연인이 되었습니다. 1년쯤 지났을 때 그가 고백을 했습니다.

"이제 내가 수정 씨의 보호자가 되고 싶어요. 수정 씨의 짐을 내가 덜어드리고 싶고요. 앞으로는 결혼을 전제로 만나고 싶습니다."

"아직 동생 공부도 시켜야 하고, 지금은 결혼을 생각할 형편이 아니에요."

그러면서 내가 좀 짜증을 냈습니다. 여유가 없다고 말하면서요. 몇 번 짜증을 내며 결혼 얘기 자체를 아예 하지 못하게 하자 그도 화가 났나 봅니다.

"사람이 몇 번이나 진심으로 말하면 생각하는 척이라도 해봐야 하는 거 아닌가요? 같이 짐을 나누겠다는데 대체 제 얘기는 듣고는 있는 거예요? 그래요. 이제 그만할게요. 수정 씨가 원하지 않으니 저도 그만할게요."

그는 돌아서서 갔습니다. 그런데 그때 어디서 그런 용기가 났는지 나는 뛰어가서 그 사람의 손을 잡으며 외쳤습니다.

"가지 말아요! 가지 말아요! 난 당신 없으면 안 돼요. 당신이 힘들까봐 나 혼자 힘들어지려고 거절한 거예요. 미안해서, 미안해서 그러는 거라고요."

그러자 그가 이렇게 말하며 나를 와락 껴안았습니다.

"에이, 울보! 또 우네."

2년 동안 알콩달콩 연애하고 우리는 부부가 되었습니다. 이제는 울지 않고 웃으며 삽니다. 내겐 그 사람이 있으니까요. 그를 처음 만난 날 평소 잘 다니지도 않던 지름길을 택했던 것은 하늘에 계시는 아버지가 맺어주신 인연이 아닐까 하는 생각도 듭니다.

요즘 솔로가 대세라지만 집에서 만나는 나만의 짝, 나의 눈물을 닦아줄 상대는 필요하다. 연애는 '아름다운 오해'이고 결혼은 '처참한 이해'라고들 하지만 서로의 눈물을 닦아주며 만난 커플에게 결혼은 아름다운 결말이다. 또 방송인 주철환 씨는 "연애는 편집된 화면이고 결혼은 무삭제판이다"라고 말하기도 했지만 편집되지 않은 나의 모든 것을 함께할 수 있는 나만의 편안한 그대를 갖는 것이 바로 결혼이 주는 큰 낙이 아닐까 싶다.

결혼이란 99퍼센트의 노력으로 1퍼센트의 행복을 얻는 밑지는 장사일 수 있다. 그러나 평생 동지를 곁에 두고 사는 것은 그 어떤 것보다 든든하고 멋진 일이다. 상대방에게 참 좋은 당신이 되어주길 바라기보다 내가 그에게 참 좋은 당신이 되어주려고 한다면 결혼은 최고로 멋진 평생의 업이 될 것이다.

상상만 해도 가슴이 먹먹해지는 사랑하는 사람 하나 옆에 두고 그 눈동자에 건배하고 싶을 만큼 심장이 방망이질하는 사랑. 그런 사랑 한 번 하지 않고 죽는다면 인생은 많이 억울할 것 같다.

미래를 예측하는 가장 확실한 방법은 내가 미래를 창조하는 것이라는 말이 있지 않은가. 그렇다. 내 미래의 애정운을 알 수 있는 확실한 방법은 내가 사랑을 만드는 것이다. 각자 자기 이름을 넣어서 주문을 걸어보면 어떨까.

"정연의 상상은 현실이 된다!"

내가 원하는 '센스쟁이' 남자를 만나는 상상, 적어도 내 경우에는 그것이 현실이 되어 있었다. 설령 현실화가 안 되면 어떤가. 상상은 즐거운 일이다.

당신을 위해 노래 부를 거예요

나는 고등학생과 일반인을 대상으로 노래를 지도하는 보컬 강사입니다. 어느 날 어떤 남자가 찾아와서 상담을 요청했습니다.

"노래를 배워서 여자친구에게 불러주고 싶어요. 근데 노래를 잘 못하는데 해낼 수 있을까요?"

그는 프러포즈 때 부를 노래를 연습하려고 우리 학원을 방문한 것이었습니다. 머뭇대고 걱정하고 불안해하던 모습대로 그는 아주 심한 음치였습니다. 최선을 다해 그에게 노래를 가르쳤습니다. 어느 정도 가르쳐주면 따라와야 하는데도 그는 음치 중에 음치였지요. 그래도 그의 성실한 태도와 한 여자를 위한 애절한 마음에 점점 그가 새롭게 보이기 시작했습니다.

"그 여자분이 그렇게 좋아요?"

"네, 정말 좋아요. 여자친구가 해달라는 건 다 해주고 싶어요. 여자친구가 노래로 프러포즈 받아보는 게 꿈이라는데 참 걱정입니다."

문득 어떤 여자일까 궁금해졌습니다. 그는 프러포즈 때 부를 노래 한 곡만 가지고 열심히 연습했습니다. 그가 잘 부를 수 있도록 편곡까지 해주었는데 석 달이 지나니 어느 정도 노래가 괜찮아지더군요.

그런데 갑자기 이 남자가 말도 없이 수업에 나오지 않는 겁니다. 계속 궁금해하며 지내고 있는데 마침내 몇 달 후 나타났습니다. 무척 반가워서 달려가 물었습니다.

"성공했어요? 프러포즈 송 불러줬냐고요."

"선생님, 저 여자친구랑 헤어졌어요."

"왜요? 무슨 일 있었어요?"

"저보다 더 좋아하는 남자가 생겼대요. 저랑은 헤어지겠대요."

그러더니 이 남자, 내 앞에서 눈물을 흘리는 겁니다. 그를 위로해야 했습니다.

"내가 보기엔 참 멋지고 괜찮으신데 그 여자분이 눈이 삐었네요. 그리고 만나고 있는 남자친구에게 그러는 건 예의가 아니죠. 좀 개념이 없네요."

"그 남자 만나도 좋으니 나도 계속 만나달라고 애원도 해봤는데……."

그는 눈물이 나와서 더 이상 말을 잇지 못했습니다.

"세상에 여자는 많아요. 그 여자 이제 뺑 차버리세요. 차버리시고 오늘 저하고 한잔해요. 제가 살게요."

그냥 집에 가겠다는 그를 억지로 끌고 호프집으로 갔습니다. 그를 달래기 위해서 내 경험을 이야기해주었습니다.

"저도 비슷한 경험을 했어요. 2년 사귀었는데 달랑 문자 한 통으로 헤어지자는 거예요. 그때 세상에 있는 욕은 다 해봤어요. 근데 이젠 괜찮아요. 지금 절 보세요. 잘 살고 있잖아요."

"선생님은 성격이 참 좋으시네요. 전 쉽게 못 잊어요."

"그렇게 못 잊는다고 딱 못 박듯이 생각하지 말아요. 그러니까 연애와 이별 경험자인 제가 권하는 대로 생각 좀 해보시라고요, 네?"

"고맙지만 저는 그렇게 안 될 것 같네요. 그래도 감사합니다. 정말 감사합니다."

그렇게 말하고는 이제 그만 일어서겠다고 나가버리는 그 남자, 왠지 정이 갔습니다. 그날 이후로 그와 계속 연락을 하게 되었습니다. 은근히 걱정이 되어서 내가 먼저 문자를 보냈거든요.

"음치 씨, 지금 뭐하세요?"

"음치에게 음치라고 부르는 거 엄청 상처 돼요."

"그럼 음치에게 음치라고 하지, 노래 잘하는 가수에게 음치라고 해요?"

"아, 정말 창피해서 노래 선생님은 안 만나고 싶네요."

"있잖아요. 타고난 건 창피한 게 아니에요. 노력하지 않는 게 창피한 거죠. 오늘 퇴근하고 뭐 해요? 밥이나 먹을까요?"

"둘이서요?"

"네, 둘이서요."

"제가 오늘 좀 바빠서……."

그는 몇 번이나 이런 식으로 나와의 약속을 피했습니다. 그러다 어느새 내가 그 남자를 좋아하게 되었습니다. 사실 예전 남자친구를 못 잊어서 몇 년 고생하고 있었는데 어느 순간부터 떠난 남자친구가 아니라 그 남자 생각을 계속 하고 있다는 사실을 깨달았습니다. 나는 매일 그에게 문자를 보냈습니다.

"오늘은 시간 안 돼요?"

"오늘 밥 먹을래요?"

"영화표가 생겼는데 같이 보러 안 갈래요?"

그런데, 다 거절당했습니다. 그 남자는 아직도 이별의 아픔에서 헤어나지 못하고 있더라고요. 무작정 그의 회사 앞으로 찾아갔고, 그의 손을 붙잡고 한적한 공원으로 데리고 갔습니다. 그러고 나서 참 많은 노래를 불러주었습니다. 사랑한다는 내용이 담긴 노래들을, 그의 눈을 쳐다보면서 연거푸 부르자 그는 시선을 피했습니다. 나는 겨우 노래를 마치고 그의 손을 잡은 채 말했습니다.

"이제 내가 당신 곁에 있을게요. 나 당신 좋아해요, 아니 사랑해요. 그러니까 우리 한번 만나봐요."

그러자 그가 울먹이며 말을 하더군요.

"선생님, 저 아직 그 여자 못 잊었어요. 선생님이 정말 고맙긴 하지만 우리 그냥 친구 하면 안 돼요? 사실 누군가를 만나는 게 두려워요."

"선생님이 뭐예요, 선생님이. 우리 나이도 같잖아요. 그리고 우정은 안 돼요. 난 사랑이 좋아요. 내가 이제 두렵지 않게 해줄게요. 일단 나 좀 만나봐요, 네?"

그렇게 말하며 나보다 덩치가 두 배나 큰 그 남자를 꼭 안아주었습니다. 그는 내 품에서 완강히 벗어나며 말했습니다.

"고마워요. 하지만 아직은 아니에요. 제 마음이 정리되면 그때 찾아올게요."

그는 등을 돌린 채 단풍진 나무들 사이로 가버렸습니다.

늦가을이 지나고 크리스마스를 며칠 앞둔 어느 날이었습니다. 거리마다 캐럴이 울려 퍼지고 있었고 늘 그렇듯 쓸쓸한 기분으로 학원을 향해 가고 있었습니다. 그런데 그때 문자가 왔습니다. 바로 음치 씨, 그였습니다.

"이상해요. 요즘 그 여자가 아니라 선생님 생각이 나요. 혹시 오늘 퇴근 후에 시간 되세요?"

아, 그에게서 데이트 신청이 온 겁니다. 그날 저녁 그를 만나자마자 반갑게 말을 건넸습니다.

"나이도 같은 사람끼리 선생님이 뭐예요! 앞으로는 '자기'라고 불러요."

혼내듯이 말하고 나서 나는 동갑인 나의 제자를 격하게 껴안았습니다. 그렇게 우리는 지금 사귀고 있습니다. 사랑은 다른 사랑으로 잊는다는 말이 있잖아요. 우리 둘 다 그 말에 공감하고 있습니다. 이제 우리는 매일 보지 않으면 눈에 가시가 돋는 사이가 되어 있네요.

Reply

남녀 간의 사랑과 우정 문제는 영원한 이야깃거리다. 마음은 이랬다저랬다 하는 요물 같아서 하룻밤 사이에 우정이 순간 사랑으로 변하기도 한다. 처음에는 이성을 초월한 무엇이기를 강요당하는 관계였지만, 하룻밤에 어쩌다 시선이 엉키면서 우정에서 사랑으로 변해 가는 커플도 보았다. 한 사람이 적극적인 자세를 보인다면 우정에서 사랑까지는 한 걸음이다. 관계가 업그레이드될 때 조심할 것은 조급증이다. 내가 가장 괜찮아 보일 때 좋은 인상으로 다가가 고백해야 한다. '그때 고백했어야 했는데' 하고 후회하지 말고 마음이 있다면 고백해 보길 바란다.

주위 모든 남자를 우정의 대상으로 정해 둔 채 이 세상 어딘가에 나만의 왕자님이 있을 거라고, 언젠가 꼭 백마를 타고 나를 맞으러 올 거라고 멀리서 행운이 오기만을 기다리는 여자들이 많다. 백마 탄 왕자가 멀리 있다고 해도 나에게 오는 동안 다른 여자들이 가만 놔둘 리 없다. 우물가에서 바가지로 물을 뜨고 그 위에 꽃잎을 띄워서라도 백마 탄 왕자의 넋을 빼놓을 여자들이 많다. 멀리 있는 백마 탄 왕자가 내 차지가 되기에는 너무나 많은 난관과 장애가 있

27

다는 얘기다.

행운을 기다리는 일은 한겨울 사과나무 아래에서 사과가 익어 떨어지기만을 마냥 기다리는 일과 같다. 지금 열매는 커녕 꽃도 피지 않았는데 말이다. 사실 내가 공주가 아닌 것처럼 실제로 백마 탄 왕자는 없다. 그냥 사람이면 된다. 따뜻한 사람 냄새 나는 남자. 그런 사람을 보면 우정을 거부하고 사랑의 기회를 만들어보자. 사랑의 실마리를 잘 만들어보자. 사랑도 행복도 이젠 셀프 서비스 시대다. 신은 모든 새에게 벌레를 주지만 둥지 안에다 벌레를 던져주지는 않는다.

엄마가 준 용기

동네에 또래가 한 명도 없어서 내게는 동네 친구란 게 없었습니다. 어느 날 옆집에 같은 학년의 친구가 이사를 왔습니다. 그 친구네 가족은 아버지 사업이 파산하자 시골로 내려왔다고 했습니다. 우리는 같은 고3이었고 친구가 밖에서 어슬렁거리는 것을 보고 내가 얼른 나가 말을 걸면서 가까워졌습니다. 하루도 빠짐없이 만나며 우정을 쌓아갔지요. 그러면서 하루라도 안 보면 허전할 정도로 매일 만나서 놀고 고민도 털어놓으며 의지하고 지내게 되었습니다.

친구에게는 고등학교에 다니는 여동생이 있었습니다. 호감은 갔지만 이성으로 보이지는 않았습니다. 그런데 친구가 이사 온 지 3년 지났을 때 그 여동생이 스무 살이 된 겁니다. 대학에 들어가더니 꽤 여성스럽게 변한 그 아이를 보고 가슴이 점점 두근거렸습니다.

어느 날 그녀가 등교할 때 뒤따라가게 되었는데 나도 모르게 그녀 쪽으로 계속 눈길이 갔습니다. 그리고 해가 질 무렵이나 밤에 잠들 때, 아침에 눈뜰 때도 그녀가 떠오르기 시작했습니다. 친구 집에 가면 그녀가 해맑게 "오빠 왔어?" 하며 반겨주는데 그 네 글자가 내 마음을 뒤흔들며 가슴속에서 맴돌았습니다.

'내게도 사랑이 찾아온 걸까?'

하지만 동네 동생이라 흑심을 품으면 안 되는 거라고 생각했습니다. 정말이지 내가 깊은 사랑에 빠졌구나 싶어 다가가지는 못하고 한숨만 내쉬었습니다. 그러다가 집에 먹을 것이나 농사지은 곡식과 과일, 그리고 엄마가 힘들게 짠 들기름까지 뭐가 생기기만 하면 친구 집에 갖다주었습니다. 그녀를 한 번이라도 더 보고 싶은 마음에 매일 친구 집에서 살았지요. 하지만 고백은 여전히 하지 못하고 있었습니다. 그러던 어느 날 엄마가 물었습니다.

"요즘 도둑이 들었나, 왜 이리 자꾸 없어지지? 들기름도 없어지더니. 아들, 털어놔봐. 어디다 그렇게 퍼다 주는 거야?"

엄마가 워낙 눈치 100단이라 사실을 말해야겠다고 생각했습니다.

"엄마, 사실은……."

입을 떼는데 갑자기 울음이 쏟아졌습니다. 엄마가 놀란 표정을 지었습니다.

"얘기해 봐. 엄마가 아들 편이지 누구 편이겠어. 아들, 옆집 맞지? 내 눈은 못 속여."

우리 엄마는 정말 귀신입니다.

"내가 그 애를 많이 좋아하나 봐요. 근데 그냥 나 혼자 좋아해요."

엄마는 내 등을 탁탁 두드리며 말했습니다.

"아들이 그렇게 좋아하는 여자라면 엄마가 당연히 도와주지. 내일 엄마가 야콘 캐는데 그거 갖다주렴. 그 집 어머니가 당뇨가 있다고 하더라. 야콘이 당뇨에 좋은 약이니까."

아, 정말 엄마는 최고의 센스쟁이였습니다. 그래도 엄마는 지원군일 뿐이었습니다. 빨리 고백해야 하는데 용기가 나지 않았습니다.

결국 나는 그녀를 포기하기로 했습니다. 고백했다가 차일 게 뻔했거든요. 괜히 고백했다가 같은 동네에 살기도 민망해지면 혹시 그녀가 동네를 떠나 학교 근처로 가서 살지도 모르니까요. 그래요. 이제 보는 것도 힘들어질까 봐 그녀에 대한 내 마음을 접어야 했습니다. 사랑은 도전하는 것도 가치 있지만 포기하는 것도 한 방법이라는 생각이 들었습니다. 그런데 그녀의 생일인 것을 알고 엄마가 말했습니다.

"안 되면 어때? 도전해 보지 않으면 평생 후회할 거야."

"엄마, 나 안 할래요. 창피당하기 싫어! 내가 어떻게 감히……. 그리고 친구도 자기 동생한테 그런 마음 가진 걸 알면 날 안 만나려고 할 거야."

"야, 아들! 너 바보 소리 듣고 싶어? 안 되면 말고, 그 정신 몰라? 한 번 대시해 봐!"

그래서 죽기 아니면 까무러치기로 용기를 냈습니다. 전화기를 들고 눌렀다 껐다 하기를 몇 번을 망설였습니다. 그러다 용기를 내어 그녀의 번호를 눌렀습니다. 신호음이 들리는 그 몇 초가 마치 몇 시간처럼 길게 느껴졌습니다.

"여보세요?"

그녀의 목소리가 들렸고 나는 간신히 입을 뗐습니다.

"너 오늘 생일이지? 오빠로서 생일을 축하해 주고 싶은데 시간 좀 내줄 수 있을까?"

"아, 동석 오빠? 지금요? 네, 그럴게요."

거짓말처럼 그녀가 나왔습니다. 나는 아버지 차를 빌려 타고 준비해 둔 음악을 틀었습니다. 그리고 수줍었지만 용기를 내어 말했습니다.

"사실 그동안 이런 생각을 했어. 너도 언젠가는 연애를 하겠지만 그 상대가 나였으면 좋겠다는. 너무 큰 욕심이지?"

"실은 나도 오빠 좋아하는데……. 오빠가 나한테 먼저 말해 주니까 제일 큰 생일 선물을 받은 것 같네요."

헉, 이럴 수가! 그녀가 나를 좋아하다니요. 그녀가 예쁜 목소리로 말을 이어갔습니다.

"우리 오빠도 내가 오빠한테 시집가면 좋겠다고 했어요."

친구도 나를 그렇게 생각하고 있었다니 기분이 날아갈 듯했고 기뻐서 눈물이 날 지경이었습니다. 그날 이후 나는 더 이상 동네 오빠가 아닌 그녀의 '온리 원' 오빠가 되었습니다.

└ Reply

사람이 장애물이 아니라 마음이 장애물인 경우가 많다. 안
될 거라고 미리 추측하고 용기 내지 못하는 마음, 그게 가
장 큰 장애물이 되곤 한다. 장애물을 치우도록 도움을 주
는 사람이 옆에 있다면 큰 행운이지만 우리는 대부분 장애
물을 스스로 치우고 넘어야 한다. 사랑의 가장 큰 장애물
은 결코 조건이 아니라 마음이다.

대체로 아주 예쁜 여자들은 자신이 가장 바라던 상대가 아
니라 다른 남자에게 먼저 선택을 당한다. 용기 있는 남자가
미인을 차지하는 걸까? 진짜 바라는 남자는 연락을 해오
지 않고 속을 태우고, 그의 친구 혹은 그의 주위 사람 누군
가가 접근해 온다. 그에게 통하는 창구다 싶어 그 주위 사
람을 만나러 간다. 그러다 둘이 맺어진다. 내 후배도 그런
경우였다.

워낙 특출하게 예쁜 후배였는데 동호회에서 K라는 남자에
게 관심이 갔다고 한다. 그런데 K는 연락을 주지 않고 K의
절친인 다른 동호회 멤버로부터 연락이 왔다. 그를 만났
다. 몇 번 연락이 와서 만나다 보니 술을 마시고 함께 잠자
리까지 하게 되었고, 결국 K가 아닌 그와 결혼했다. 나중

에야 알게 되었다고 한다. K 역시 후배를 많이 좋아했는데 용기가 없어서 연락을 하지 못했다는 것을. 후배나 K나 둘 다 용기가 없었던 것이다.

짝사랑이 이루어지려면 용기라는 다리를 건너야 한다. 그 다리는 늘 흔들리고 다시 돌아올 수 없을 것 같아 건널까 말까 망설이게 되는 신비의 다리다. 그러나 다리를 건넌 사람만이 사랑에 다다를 수 있을 것이다. 용기 없이는 이루어지지 않는다. 사랑은 오페라와 같아서 단순한 구성으로 되어 있지 않고 미묘하고 완벽한 조화로움이 필요하다. 내가 사랑의 노래를 불러야 상대방도 사랑의 노래를 답해 온다.

서점 오빠

    스무 살 때 첫 아르바이트로 집 근처 작은 서점에서 일하게 되었습니다. 그때 유독 자주 오는 한 여중생이 있었습니다. 비가 오는 날에도, 바람이 세게 부는 날에도, 폭설이 내리는 날에도 빠지지 않고 매일 참고서를 사가지고 갔습니다. 공부를 아주 잘하고 열심히 하는 학생인 것 같았습니다.

    "또 사니? 어제 산 건 다 풀고 사는 거야?"

    "풀고 또 풀어야 머리에 쏙쏙 들어오니까요, 헤헤."

    "그렇구나. 중학생 같은데 공부 열심히 하네. 참 좋아 보여."

    그런데 어느 날 한 아주머니가 책을 잔뜩 안고서 그 여학생의 손을 잡고 오셨습니다.

    "이 책들 환불해 줄 수 있어요?"

"이 책을 다요? 어? 다 새 책 그대로네요?"

"우리 애가 공부도 안 하면서 책 욕심만 부려서는 매일 책을 샀지 뭐예요. 하나도 안 풀고. 공부를 잘하면 몰라. 아주 바닥을 벅벅 기는 애가 왜 책은 이렇게 사는 건지. 환불 가능할까요?"

"아, 네. 책 상태 한 번 더 살펴볼게요."

환불해 줘야 할지 고민하는데 옆에서 지켜보던 사장님이 환불해 주라고 해서 돈을 내주었습니다. 돈을 받은 아주머니는 딸을 무섭게 끌고 나가셨습니다. 솔직히 그때까지만 해도 황당했습니다. 그런데 사람 마음이 참 이상하더라고요. 매일 출근하듯 오던 그 학생이 언젠가부터 오지 않자 은근히 소식이 궁금해졌습니다.

6개월쯤 시간이 흘렀습니다. 해가 바뀌고 여전히 서점에서 일하고 있는데 그 학생이 여고생이 되어 나타났습니다.

"오랜만이네. 학교는 잘 다니고 있어?"

"그럼요. 근데 저 그렇게 공부 못하는 애 아니에요. 그때 엄마가 과장해서 말한 거예요."

그렇게 다시 시작된 인연. 예전처럼 매일은 아니지만 그녀는 자주 들러 책을 샀습니다. 우리는 조금씩 친해졌고 나중에는 의남매를 맺을 정도가 되었습니다.

"참, 너희 기말고사 기간이잖아. 이번 성적 어때? 책을 그렇게 사더니 시험은 잘 본 거야?"

"짜잔! 수학 80점!"

"겨우 80점? 그게 잘한 거냐? 분발해라, 분발!"

"아니야! 이번 시험은 80점이면 잘한 거야."

"그래도 그렇지. 80점이 잘한 건 아니지."

"시험이 정말 어려웠어. 이번엔 80점만 맞아도 진짜 잘 본 게 맞아."

"알았다, 알았어. 그래도 다음에는 90점 좀 구경하자."

"맞다! 오빠, 수학 70점 넘으면 밥 사준다고 했잖아."

"아주 벼룩의 간을 빼먹어라. 그리고 혹시 너 8점 받았는데 0 하나 더 붙인 거 아니야? 이 점수 진짜 맞지?"

우리는 분식집에 가서 떡볶이를 시켜 먹었습니다. 그런데 대뜸 그녀가 말했습니다.

"나도 내년이면 고3이고 곧 어른이 되는데 오빠, 나 어떻게 생각해?"

"어떻게 생각하긴. 왈가닥 동생이지."

"장난치지 말고. 날 어떻게 생각해?"

"그래, 무슨 말인지 알겠어. 근데 너 수능 치르고 나서 생각해 보자. 넌 수능을 봐야 하고 난 아직 군대도 안 갔다 왔잖아. 지금은 좋은 오빠 동생으로 지내자. 아직 나한테 넌 여자가 아니라 그저 귀여운 동생이야. 그러니까 나중에 생각해 보자, 응?"

그녀는 실망한 듯이 알았다며 독서실에 간다고 황급히 일어서서 가버렸습니다. 뒷모습을 보니 그녀가 울면서 가고 있다는 걸 알 수 있었습니다.

그 후 그녀는 서점에 오지 않았습니다. 솔직히 마음 한쪽이 섭섭했습니다. 서점에서 3년이나 일한 것도 어쩌면 그녀 때문이기도 했으니까요. 하지만 마음을 다잡기로 했습니다.

몇 달 후 나도 서점을 그만두고 입대했습니다. 시간이 흘러 금세 전역을 눈앞에 두고 생활관에서 뒹굴고 있는데 후임병이 와서 큰 소리로 말했습니다.

"지금 면회소에서 연락이 왔는데 한 여자분이 면회 왔다고 합니다!"

면회 올 여자가 없는데 이상하다 생각하며 면회소로 갔습니다. 놀랍게도 바로 그녀였습니다. 이제는 다 큰 숙녀가 된 모습으로 나를 반겼습니다.

"오빠가 어디 있는지 수소문하느라 내가 얼마나 고생했는지 알아? 홈피는 왜 탈퇴한 건데?"

"그러는 너는? 너도 연락 없었잖아."

"공부하라며! 난 오빠 말 듣느라고 그랬지."

"어쨌든 진짜 오랜만이다. 잘 지냈어? 참, 너 대학은 어떻게 됐어?"

"E여대에 들어갔어."

"너 공부 진짜 열심히 했구나. 기적이 따로 없네!"

"됐고. 오빠! 이제 우리 다시 시작하자."

"뭐? 다시 시작이라니?"

"오빠가 예전에 얘기했잖아. 나 대학 가고 오빠 군대 다녀오면 다시 생각해 보자고. 이 날을 얼마나 기다렸는지 몰라. 오빠 친구들한테 물어보니까 전역이 한 달 남았다며? 이제 된 거 아냐? 난 오빠만 생각하면서 여기까지 왔어. 나 좋다고 매달리는 남자들 눈물로 다 떼어내고 여기까지 왔으니까 책임져!"

다시 만난 우리는 드디어 사귀기 시작했습니다. 누가 그랬지요. 만날 사람은 언젠가는 꼭 만난다고. 그런데 요즘 그녀가 날 타박하네요.

"오빠, 외국어 공부 좀 해! 요즘 같은 때에 적어도 2개 국어는 할 줄 알아야지. 오빠, 앞으로 나랑 영어 학원 같이 다녀. 알았지?"

이런 그녀의 잔소리가 가끔은 싫지만 그래도 행복합니다. 사랑하는 사람이 곁에 있으니까요.

한 인간에게 연애라는 사건이 시작된다는 건 엄청난 변화다. 연애를 시작한 사람은 자기도 모르게 소위 남사스러운 언행들을 하게 된다. 남이 보면 미친 짓으로 보이는 행동까지도 한다. 우선 친구들에게 욕을 먹는다.

"쟤는 우리가 안 보이나 봐. 완전 미쳤어."

바로 이런 소리를 듣게 되는 것, 그게 열애다.

사랑에 도움을 주는 자연현상들이 있다. 바로 눈, 비, 바람, 안개다. 이 4대 요소가 배경이 되어줄 때면 지구의 주파수가 유난히 심하게 움직이는 것 같다. 춥고 눈 오고 바람 불어 오기 힘들었을 텐데도 나에게 온 그 사람이 얼마나 반갑고 감동스러울까. 이란의 신비주의 시인 루미의 사랑의 시에 나오는 구절처럼 "어떤 물로도 끌 수 없는 정염의 불을 가진 나만의 그대, 세상에 유일한 현실인 당신"이 된 것이다.

사랑은 날개를 펼쳐야 할 때가 있다. 사랑은 새장 속에 갇힌 새가 아니다. 새가 날아가는 데 의미가 있듯이 사랑도 날아갔다 다시 돌아올 때 진정한 내 것이 되는 게 아닐까 싶다. 새에게 자유를 주면 새장도 자유로워진다. 활짝 열린 새장은 더 이상 구속이 아니고 자유롭고 따뜻한 보금자리가 되기 때문이다. 먼 세월을 돌아 나에게로 다시 온 사랑은 더욱 위대하고 황홀하다. 사랑에 빠지고 싶어질 때 나는 대학 시절 삼청동 어느 카페 입구에서 본 김남조 시인의 「약속」 몇 구절을 떠올린다.

우리들 그 첫날에
만남에 바치는 고마움을 잊은 적 없이 살자.
철따라 별들이 그 자리를 옮겨 앉아도
매양 우리는 한 자리에 살자.
가을이면 낙엽을 쓸고
겨울이면 불을 지피는
자리에 앉아 눈짓을 보내며 웃고 살자.

짜장면 배달 왔습니다

어느 일요일, 하루 종일 집에 있는데 새로 문을 열었다는 중국집 광고지가 보였습니다. 그곳 번호로 짜장면과 군만두를 주문했습니다.

"짜장면 배달 왔습니다!"

우렁찬 목소리가 들려 얼른 문을 열어주었습니다. 한 남자가 후다닥 들어와서는 음식을 내려놓았습니다. 그런데 계산을 하려고 지갑을 연 순간, 아뿔싸 했습니다.

"어머, 어떡해요. 어제 세탁비 낸 걸 깜빡하고 돈이 없는 걸 몰랐네요. 외상은 안 돼요?"

"저 오늘 여기 첫 배달이에요. 식당 옮겨와서 하는 첫 배달인데 돈 못 받아오면……. 아, 어떡하지?"

"외상 안 돼요? 짜장면 값 떼먹고 도망갈까 봐요? 아, 알았어요. 지금 나가서 돈 찾아서 드릴게요. 같이 나가세요."

나는 짜장면 배달부와 함께 집을 나섰습니다. 그는 죄송하다고 말했고, 나는 내가 죄송하지 왜 그쪽이 죄송하냐고, 돈 없이 짜장면 시킨 내가 죄송하다고 사과했습니다.

돈을 찾아서 그에게 건네주는데 그의 손이 나무껍질처럼 거친 것을 보고 놀랐습니다. 젊은 사람인데 고생을 많이 했구나 싶었습니다. 그 후로도 짜장면을 자주 시켜 먹었고 그는 올 때마다 그때 미안했다고 사과했습니다. 선량한 눈빛이 인상적인 사람이었습니다.

1년쯤 지났을 때였습니다. 어느 날에는 그가 배달 왔다가 내 자취집의 고장 난 화장실을 싹 고쳐주었습니다. 그리고 한번은 고장 난 전등을 고쳐주었고요. 고맙다는 의미로 나는 밥을 샀습니다. 그렇게 그와 만났습니다.

"저는 학교 졸업하고 취업을 준비하고 있어요. 부모님은 미국에 계세요. 내년까지 취직 안 되면 그곳으로 오라고 식구들이 성화예요."

그는 나를 부러워했습니다.

"그렇게 오라고 해줄 가족이 있는 사람이 부러워요."

"가족이 없으세요?"

"네, 고아로 살아서 피를 나눈 가족은 없어요."

그 사람은 정말 고아였습니다. 고아원에서 친구들과 가출해서 중학교도 제대로 나오지 못했고, 그동안 여러 일을 병행하며 돈만 벌어왔다고 합니다. 그냥, 이유가 없었습니다.

서로에게 끌려서 우리는 매일 만났습니다. 그와 내가 서로 사랑하는 사이라고 하면 모두들 이상하게 쳐다보았습니다. 우리는 그런 시선 따위는 상관하지 않았습니다. 그저 서로를 바라보고 사는 것, 그거 하나면 충분했습니다. 조금만 헤어져 있다가도 만나면 서로 껴안아주었습니다. 3년을 만나고 그해 12월이었습니다.

"유림아, 나올 수 있어? 지금 당장."

그 사람의 목소리가 이상하게 마음에 걸렸지만 짧은 시간 안에 최대한 꽃단장을 하고 나갔습니다. 그는 내가 이 세상에서 가장 잘 보이고 싶은 남자니까요. 약속 장소로 달려가 보니 그가 심각한 표정으로 앉아 있었습니다. 뭔가 일이 벌어졌구나 싶었습니다. 내가 앉자마자 그가 말했습니다.

"그냥 간단히 말할게. 우리 헤어지자."

"뭐? 지금 뭐라고 했어?"

"헤어지자고. 이제 보지 말자고."

처음엔 농담인 줄 알았는데 농담이 아니었습니다.

"이젠 너 못 보겠어. 너같이 잘난 척하는 애 재수없어서 못 보겠어. 난 고아에다 배운 것도 없고 잘하는 것도 없고, 그래서 나는 나 같은 사람 만나서 잘 살 테니까 너도 너랑 비슷하게 잘난 놈 만나서 잘 살아. 아니 솔직히 말할게. 네가 지겨워졌어."

이렇게 말하고는 그는 나가버렸습니다. 나도 따라 나갔습니다.

"이게 말이 된다고 생각해? 대체 왜 그러는데?"

"정말 너 짜증난다. 네가 싫어졌다고!"

갑자기 그가 왜 그러는지 처음엔 어이가 없었습니다. 그는 정말로

화를 내며 보기 싫으니 가라고 소리쳤습니다. 그가 진심으로 화를 내고 있다는 것을 안 뒤에는 몇 달 애원도 해보았지만 소용이 없었습니다. 할 수 없이 그를 떠날 수밖에 없었습니다.

나중에 그의 집에 다시 가보았습니다. 하지만 이미 이사 가고 없었습니다. 그를 많이 원망하면서 욕도 혼자 많이 했습니다. 그리고 1년이 흐른 후 내 앞으로 편지 한 통이 속달로 배달되었습니다. 조심스레 편지를 뜯어보았습니다.

"사랑한다. 사랑한다. 나의 유림이, 사랑한다."

그의 필체로 된 한 줄의 편지, 그리고 병원에서 보낸 또 한 장의 편지가 동봉되어 있었습니다. 이 편지를 받으면 병원으로 와 달라는 내용이었습니다.

나는 바로 달려갔습니다. 병원에 들어서자마자 의사와 간호사가 나를 알아보며 반겨주었습니다. 그가 입원해 있었다는 병실에 들어가보고 나서야 이유를 알았습니다. 방 안 한쪽 구석에 온통 붙여져 있는 내 사진들, 또 그가 남긴 편지.

"나 없이도 이제 잘 지내고 있겠지? 나는 너 우는 게 제일 싫어. 그 모습 보기 싫어서 널 떠나보낸 거야. 나 너 많이 사랑했다. 이젠 추억으로 간직하고 좋은 사람 만나서 잘 살아야 해."

그의 손때가 묻은 소지품 몇 개가 보였습니다. 그 사람 생각이 밀려오며 결국 참았던 눈물이 한꺼번에 쏟아졌습니다.

그렇게 그가 떠난 지 벌써 6년이 되었네요. 얼마 전 버스에서 또 그가 생각나서 혼자 흐느끼며 울었습니다. 나를 보고 옆에 있던 아이가 물었습니다.

"왜 우세요?"

나는 이렇게 대답할 수밖에 없었습니다.

"내가 가장 사랑한 사람이 있었는데 그 사람 너무 보고 싶어서 우는 거야. 너무 보고 싶어서……."

"사랑하고 싶어서 사랑한 게 아니다. 당신이기 때문에 사랑할 수 있었다."

영화 〈미스터 로빈 꼬시기〉에 나오는 이 대사가 생각나는 순간이 있다. 감동적인 사랑은 영화보다 현실 속에 더 많다. 유림 씨도 마음은 아프지만 평생 가슴속에 아름다운 그 사람을 위한 방을 만들어놓고 위로받고 의논하며 지낼 것이다. 사랑하는 마음이 보석처럼 반짝반짝 빛날 것으로 믿는다. 그게 바로 사랑의 힘이다.

우리 가슴 속에 영원한 '슈퍼맨'으로 남아 있는 배우 크리스토퍼 리브도 영화보다 실제 사랑으로 더욱 감동을 주었다. 리브는 할리우드 배우이자 가수였던 데이나와 사랑에 빠졌다. 그는 가장 친한 친구인 로빈 윌리엄스에게 데이나에 대해 이렇게 말했다고 한다.

"나, 사랑에 빠졌어. 참 착한 여자야."

그러나 1995년 리브는 승마 대회에 참가했다가 말에서 떨어져 목뼈가 부러지고 전신이 마비돼 장애인이 되었다. 리브는 절망에 빠져 자살까지 생각했지만 데이나는 그를 안고 이렇게 말했다.

"리브, 당신이 할 수 없는 건 두 가지뿐이에요. 당신 자신의 눈물을 닦을 수 없는 것, 그리고 내 눈물을 닦아줄 수 없는 것. 하지만 당신 눈물은 내가 닦아주면 되고 난 이제 울지 않을 테니까 당신이 할 수 없는 건 아무것도 없어요."

그 말을 듣고 리브는 힘을 냈다. 사회활동을 더 이상 할 수 없을 거라는 사람들의 예상을 깨고 온몸과 머리를 휠체어에 묶은 채 모니터와 마이크로 연기를 지시하며 다시 영화를 연출했다. 리브는 어느 인터뷰에서 이렇게 말했다.

"나에게 기적이란 다시 일어서는 것이 아니라 사랑하는 아내와 아들과 하루하루를 함께하는 것입니다. 사랑하는 사람과 함께하는 삶은 날마다 기쁨이고 기적입니다."

리브는 2004년 10월 결국 심장마비로 세상을 떠났고, 17개월 후 그의 아내도 마흔네 살의 나이에 폐암으로 하늘나라로 떠났다. 이들의 이야기는 깊은 여운과 함께 내 가슴속에 남아 있다. 돈은 누가 훔쳐갈 수 있고 한순간에 날릴 수 있지만 가슴속 사랑은 두고두고 승화될 수 있다. 그들이 남긴 열세 살 아들 윌은 로빈 윌리엄스가 입양했다고 한다. 사람은 죽어도 사랑은 영원히 살아남는다.

너에게 받기만 했구나

초등학교 6학년 때 같은 반이었던 친구 정은이에게서 전화가 왔습니다.

"오랜만이야. 잘 지냈어? 너 종철이 알지? 종철이가 널 한번 보고 싶대."

"종철이? 아, 김종철? 요새 종철이는 뭐 해?"

"그건 나도 잘 모르겠고, 친구들이 나한테 연락했더라고. 네가 동창회에 안 나오니까 다들 네 번호를 모르잖아."

"우리 집 형편이 그동안 많이 힘들어서 경황이 없었어."

"종철이가 너한테 유난했잖아. 정말 공주님 모시듯이. 암튼 종철이가 널 보고 싶어 한다고 하더라. 난 전했다. 다음 모임 땐 꼭 나와."

그동안 아르바이트하느라 바빠서 고향 친구들은 잊고 지냈습니다.

나를 보고 싶어 한다는 그 애가 문득 떠올랐습니다. 예전에 우리 집은 마을에서 가장 잘살던 집이었고 아주 큰 과수원도 여러 개 있었습니다. 종철이 아버지는 우리 과수원을 관리하는 일을 하셨습니다. 종철이 아버지도 참 좋은 분이셨지만 종철이도 참 착한 아이였습니다.

대학 다닐 때 아버지 사업이 휘청대면서 우리 식구는 서울로 이사를 가게 되었습니다. 이사 가기 전에 집에 다니러 갔을 때 종철이가 나를 불러 세웠던 게 생각이 났습니다.

"종철아, 왜 거기 서 있어? 들어오지 않고?"

"이거."

"이게 뭐야?"

"네가 갖고 있으라고 해서 계속 갖고 있었어."

예전에 내가 과수원에서 놀다가 한 짝을 잃어버린 신발이었습니다. 많이 아끼던 신발이라 나중에 한 짝을 다시 찾으면 신겠다고 종철이에게 갖고 있으라고 했었습니다.

"이거 이젠 필요 없어. 넌 참, 아직도 이걸 갖고 있었어?"

"네가 그때 찾을 때까지 갖고 있으라고 해서."

"그냥 버려도 돼."

나는 그 신발을 아무렇지 않게 버렸습니다. 종철이의 표정이 좀 슬퍼 보였습니다. 그때만 해도 우리가 이사 가는 걸 아쉬워했다는 사실을 몰랐습니다.

종철이에 대한 기억이 줄줄이 떠올랐습니다. 어느 날에는 학교 수업이 끝나서 밖으로 나와 보니 비가 오는 것이었습니다. 비가 와서 어쩌나 하고 걱정하는데 종철이가 리어카를 끌고 내 앞에 나타났습니다.

"지민아, 여기에 타."

"비 오는데 어떻게 타?"

"비닐 깔아놨어. 네가 여기에 앉으면 내가 비닐 또 씌워줄게. 어서 여기 앉아봐. 비 맞잖아."

종철이 말을 듣고 리어카에 올라앉았습니다. 종철이는 준비한 비닐을 나와 내 가방 위에 덮어주고 리어카를 몰고 달렸습니다. 내가 젖을까 봐 미리 집에 달려가서 나만을 위한 전용 리어카를 끌고 달려온 겁니다. 자기는 비를 맞으면서.

중학교 다닐 때였습니다. 부모님이 해외여행을 가서 이모와 지내는데 언젠가 이모가 늦게 들어오자 종철이에게 전화했습니다.

"종철아, 나 무서워. 이모가 놀러 가서 안 와."

"알았어. 내가 지금 바로 갈게. 조금만 기다려."

"빨리 와야 해."

"알았어. 지금 간다!"

몇 분 후에 종철이가 얼굴이 벌게져서 달려왔습니다. 내 전화를 받고 우사인 볼트보다 더 빨리 뛰어온 겁니다.

그날 내 방 앞을 지키느라고 종철이가 앉은 채 팔을 베고 잠들었던 모양입니다. 다음날 종철이가 아버지를 도와 나무에 농약을 뿌리는데 팔이 움직이지 않아서 아버지에게 혼나는 것을 보았거든요. 그러면서도 나를 보고 씩 웃는 것을 보고 종철이가 참 착한 아이라는 걸 새삼 깨달았습니다.

내 얘기라면 다 들어주는 종철이는 고등학교에 다닐 때도 나를 위해서 뭐든 해주려고 했습니다. 하지만 학교로 보온도시락을 가지고 온 그 애에게 화를 낸 기억이 있습니다.

"지민아, 여기 이 따뜻한 도시락으로 먹어."

"이런 거 갖고 오지 말랬지. 짜증나!"

종철이를 떠올리고 있으니까 여러 가지 지난 일들이 생각났고 갑자기 종철이가 보고 싶어졌습니다. 그래도 그때뿐, 일이 바빠서 또 잊고 지내다가 작년 연말이 되어서야 고향 친구들의 모임에 나가게 되었습니다.

"아휴, 너 이제야 나왔냐?"

"미안해. 그동안 바빴어."

"나는 바쁜 거 타령하는 인간이 제일 싫더라. 얘들아, 얘 예뻐진 것 좀 봐!"

"근데 오늘 종철이는 안 온대?"

"너 종철이 죽은 거 몰랐어? 하긴 넌 단체 문자도 못 받지? 네가 연락을 안 하니까 명단에서도 빠져 있었겠지."

"뭐? 종철이가 죽었다고? 아니 왜?"

"간암이었대. 그때 널 보고 싶다고 했을 때 이미 병원에서는 가망 없다고 해서 치료도 마쳤다고 하더라. 이 세상 떠나기 전에 너를 꼭 보고 싶어서 수소문한 거였대."

아, 이건 말도 안 되는 일이었습니다. 종철이와 연락하고 지냈던 남자 동창이 다가와 말했습니다.

"사실 종철이는 단 하루도 너를 잊지 않고 지냈어. 늘 너희 집이 다시 일어서기를 기도했지. 너를 참 많이 좋아했는데……. 마지막에 눈을 감을 때도 네 이름을 부르고 가더라."

내 눈에서 눈물이 쏟아지기 시작했습니다.

종철아, 지금에야 뒤늦게 네 마음을 깨달은 나를 용서해 줘. 난 너에게 받기만 했구나. 미안해. 그리고 이제야 네 마음을 알게 되니까 이렇게 마음이 아프구나. 부디 거기서 잘 살아. 이젠 내가 너를 위해 기도하며 살게.

나는 영화 속 남자처럼 오로지 한 여자를 바라보는 지고지
순한 남자에게 매력을 느낀다. 여자를 정거장 취급하는 남
자는 '별로'다. 우리는 자기를 희생적으로 돌봐준 사람은
영원히 잊지 못한다. 추억은 시간에 따라 희미해지기 마련
이지만 그런 사람과의 이야기는 시간이 지날수록 더 선명
히 살아난다. 천 개의 강물에 천 개의 달이 뜨듯, 그리움은
고개 돌리는 곳마다 떠 있어서 마음을 너무 아리게 한다.

나를 좋아한 아이가 있었다. 내가 무화과를 먹고 싶다고
하면 그 아이는 무화과나무 위에 올라가 무화과를 따다 주
었다. 어느 날에는 버찌를 먹고 싶다고 하자 까맣게 잘 익
은 버찌를 따주려다가 나뭇가지가 꺾어지면서 땅 위로 떨
어지기도 했다. 하지만 얼른 일어나 헤헤헤 웃으며 손을
털던 아이. 그때는 고마움을 잘 몰랐다.

그 아이가 성인이 되어 나에게 만나자고 연락을 했다. 오
랜만에 만난 그 아이는 이제 어른이 되어 양복도 제법 어
울렸다. 반가워서 악수하는 순간 그 아이, 아니 이제는 아
저씨가 되어 나타난 그 아이의 눈에 눈물이 고였다. "내가
너무 반가워서 우는 거지?"라고 하자 그가 고개를 끄덕였

다. 그리고 "너 왜 이렇게 변했어? 변해도 너무 변했다"며 놀라워했다. 어릴 때의 모습과 달리 후덕해진 지금의 내 모습에 많이 실망하는 것 같았다. 그냥 있는 그대로의 내가 아니라 소녀 적의 내 모습만을 좋아하는 그 마음에 나 또한 실망했다.

남자는 첫사랑을 가슴에 묻고 여자는 첫사랑을 기억에 묻는다는 말이 있다. 첫사랑의 여자를 잊지 못한다기보다 순수했던 시절에 대한 향수인지도 모른다. 처음처럼 변함없이 돌봐주는 일은 아주 깊은 사랑이 아니면 할 수 없는 것임을 느낀다. 그러기에 나에게 변함없이 잘해 준 사람에 대한 감동은 남의 이야기라도 코끝에 겨자를 바른 것처럼 시큰하다. 슬퍼도 아름다운 것이 사랑이다. 눈에 마치 '하트' 렌즈가 영구 시술된 듯 변함없는 사랑, 그런 사랑에 축배를 올려주고 싶다.

너와 나의 속도

    음악 동호회에서 만난 그는 큰 기업을 운영하는 아버지를 둔 부잣집 아들이었습니다. 동호회 정모 날 2차로 간 호프집에서 우리는 나란히 앉아 많은 이야기를 나누었지요. 그때 알았습니다. 그가 태어나자마자 어머니가 돌아가셨고 새어머니가 여러 번 바뀌면서 아버지와 사이가 별로 좋지 않다는 것을요. 그가 가엾게 느껴졌습니다. 사실 나도 부모님이 다 돌아가시고 친오빠는 외국에 살고 있어서 우리 서로 외로운 사람끼리 죽이 잘 맞았습니다. 그날 우리 둘만 3차로 노래방에 갔습니다. 노래하다 말고 노래방 기기를 끄더니 그가 말했습니다.

    "나 성격 되게 급하다. 짝사랑 이런 거 못 해. 넌 나 어때? 그냥 우리 연애 같은 거 생략하고 결혼하자. 나 신랑감으로 괜찮잖아? 솔직히 직업은 아직 없지만 든든한 아버지가 있으니까 걱정 안 해도 되고. 그리고 뭐 이 정도면 네 옆에 서도 밀리진 않을 것 같은데?"

갑작스럽고 황당했지만 그런 그의 당당함이 싫지 않았습니다. 우리는 예전부터 오랫동안 알아온 사람들처럼 첫 만남에 서로 많이 좋아했습니다. 그런데 그는 무척 부유한 환경에서 살아왔고 나는 가족 없이 혼자 살아온 터라 성장 과정의 차이로 시련을 겪을 수도 있을 것 같다는 생각이 들었습니다. 그가 술을 마시더니 나에게 '여보'라고 불렀습니다.

"누구 맘대로 여보예요? 그건 동의하지 못하겠네요. 암튼 사귀어보죠, 뭐."

우리는 연인이 되었습니다. 애정 표현은 그 사람이 다 했지만 사실은 내가 더 그를 좋아하는 것 같았습니다. 단 하루도 빠지지 않고 밤낮으로 만났지요.

석 달 후 그의 부모님께 인사를 드린 후 일사천리로 결혼을 준비하고 있었습니다. 그런데 그때 그의 아버지 사업이 위기에 처해 있다는 걸 알게 되었습니다. 그 사람도 힘들어했지만 내가 위로하며 달래 주었고 결혼하기 한 달 전 결국 부도가 나면서 그의 부모님은 도피 생활을 하시고 누나도 외국으로 가버렸습니다. 친척들과도 사이가 안 좋던 그의 집안은 그야말로 산산조각이 난 듯 흩어져버렸습니다.

그는 내가 자취하는 집에 들어와 살게 되었습니다. 결혼식은 올리지 못하고 혼인신고만 하고 함께 살았습니다. 내가 작은 회사에서 계약직으로 일하는 동안 그는 일자리를 알아보러 다녔습니다. 그가 힘들어하면 "우리 열심히 살아서 부모님도 모시고 집안 다시 일으켜 세우자,

응?" 하고 응원했고, 그러면 그는 "알았어, 알았다고. 나보고 빨리 돈 벌어오라는 거지?" 하며 시큰둥해서 드러누워버렸습니다.

어느 날 우리가 세든 건물의 1층 옷가게에서 직원을 구한다는 구인 광고가 붙었습니다. 나는 그에게 우선 그 일이라도 해보라고 권했습니다. 자기가 그런 일 할 사람으로 보이냐고 그가 많이 짜증냈지만 며칠간의 잔소리가 효과가 있었는지 곧 그곳 남성복 매장에서 점원으로 일하기 시작했습니다. 그런데 몇 달 후 주위에 사는 사람에게 이상한 소리를 들었습니다.

"새댁, 몰라? 옷가게 여사장이랑 댁의 남편이 좀 수상해. 관심 갖고 좀 살펴봐."

그 얘기를 들은 날 밤 그에게 주의를 주었습니다.

"자기야, 처신 좀 잘하고 다녀. 남들이 자기랑 가게 사장님을 두고 수군대."

그러자 그는 대뜸 나를 째려봤습니다.

"그럼 나 그만둘까? 확 그만둬버릴까?"

"그게 아니라 조심하라는 얘기야."

"안 그래도 요새 사람들 비위 맞추면서 힘들게 일하고 있으니까 그딴 소리 좀 집어치워."

워낙 잘사는 집에서 자란 그가 옷가게 점원을 하려니 힘든가 보다 생각했습니다. 미안한 생각이 들어서 사과했는데 며칠 후부터 그가 집에 잘 안 들어오더니 아예 사라졌습니다. 옷가게 주인 여자와 함께 어디론가 간 겁니다. 동네 사람들은 그럴 줄 알았다고 다들 한마디씩 했습니다. 진작부터 그렇고 그런 사이였다는 거예요. 얼마 후 옷가게 주인의 남편이란 사람이 찾아왔습니다.

"아무래도 제 발로 올 것 같지 않네요. 우리 같이 찾으러 다녀봅시다."

"짚이는 데가 있으세요?"

"네, 양평에 그 사람 친구 펜션이 있는데 거기 한번 가보죠."

그러나 거기에도 없었습니다. 짐작 가는 다른 데를 여기저기 다 찾아다니느라 진이 빠졌습니다. 나와 같은 입장이 된 가게 주인의 남편도 불쌍하게 느껴졌습니다.

그날 돌아오는 길에 비가 억수로 쏟아졌습니다. 차 안에 틀어놓은 라디오에서 노래가 나오는데 남편과 처음 만난 날 노래방에서 불렀던 노래였습니다. 순간 울음이 쏟아져서 막 울어버렸습니다. 그랬더니 차를 운전하던 그 아저씨가 차를 세우고 나를 안아주었습니다. 그런데 갑자기 키스를 하려는 겁니다.

"아저씨! 뭐하는 거예요, 지금!"

내가 그를 밀치며 버럭 화를 냈더니 그가 차분히 말했습니다.

"차라리 잘됐어요. 지금 고백하는 게 낫겠네요. 저 당신을 좋아합니다."

"네? 지금 무슨 말씀을 하시는 거예요?"

"사실 우리 부부 깨진 지 오래됐어요. 아직 이혼만 안 했지 서로 정이 없었거든요. 그런데 이번에 같이 다니면서 당신이 내 이상형이라는 걸 깨달았어요."

아, 정말 어이가 없었습니다. 나는 차에서 내렸고 그가 다시 차에 태우려는 걸 완강히 뿌리쳤습니다.

"지금 미친 거 아니에요? 정말 싫어, 싫어!"

그렇게 나는 빗속을 다섯 시간이나 걸어서 집으로 왔습니다. 빗속이라 펑펑 울기에는 좋더라고요.

남편은 외롭게 자랐고 지금은 잠시 방황하고 있다고 생각했습니다. 딱 10년만 그를 기다려보겠다고 마음먹었습니다. 세상 사람들이 뭐라고 하든, 그 어떤 손가락질을 하든 나는 귀를 막고 일만 열심히 했습니다. 그런데 2년이 되기 전에 그가 돌아왔습니다. 폐인이 다 되어 온 그는 변함없이 내가 기다리고 있었다는 사실을 알고 내게 무릎을 꿇고 빌었습니다. 우리 둘은 껴안고 잘 살아보자고, 이제 시작이라고 다짐했습니다.

우리는 이사를 가서 작은 방을 얻어 살며 각각 다른 카페에서 종업원으로 일했습니다. 5년 후에는 둘이 같이 카페를 운영하자는 꿈을 꾸며 노력했지요. 그런데 예기치 않은 행운이 찾아왔습니다. 내가 일하던 카페 주인이 캐나다로 이민을 가게 되면서 내게 카페를 저렴하게 넘겨주었거든요. 그와 나의 이름을 한 글자씩 딴 카페를 곧 개업합니다.

처음 그는 내게 급하게 고백했지만 사실 그때는 나를 사랑하지 않았습니다. 내가 그를 벼락같이 사랑했습니다. 이제야 그가 나를 진정으로 사랑하는 것 같습니다. 며칠 전 자고 있는 나를 물끄러미 바라보고 있던 그의 얼굴이 그것을 증명합니다. "사랑해"라는 그의 한마디. 자다가 문득 깨면 툭 건네는 그 한마디는 그동안의 나의 기다림과 고생을 말끔하게 치유해 줍니다.

사랑하는 사람들을 속 타게 하는 것은 사랑의 온도와 속도다. 연인의 마음이 서로 똑같으면 얼마나 편할까. 한 사람은 한거번에 섭씨 100도로 훅 하고 사랑이 끓는데 상대방은 천천히 가열되는 경우 먼저 끓는 사람이 속이 타게 되어 있다. 한 사람은 빨리 달려가 이미 도착 지점에 성급히 깃발을 꽂았는데 상대방은 아직도 저만치서 천천히 걸어온다. 한쪽만 애가 타고 속이 끓고 안달이 나면 그 사랑의 끝이 순조롭지 못하다.

프랑스 가수 에디트 피아프는 사랑에 대해서는 출발 순간부터 100도로 끓는 여자였다. 우리말로 '첫눈에 반했다'는 표현은 프랑스 말로는 '벼락을 맞았다'인데 그녀는 벼락이라도 맞은 듯 곧바로 뜨거워지곤 했다. 그녀가 열애에 빠졌던 남자들은 가수이자 배우 이브 몽탕, 시인 장 콕토, 미용사 테오 사라포까지 셀 수 없이 많았다. 그중 그녀가 가장 사랑한 사람은 권투 선수 마르셀 세르당이었던 것 같다. 세르당은 그녀의 사랑의 온도와 속도에 맞춰준 남자였다. 그녀가 세르당에게 "당신은 나의 챔피언이야. 당신 이전의 모든 것은 다 잊었어. 이젠 당신밖에 안 보여"라고 고백하면, 세르당은 "사랑해. 당신이 어떻게 했기에 내가 이렇게 된 걸까? 보고 싶어"라고 지체없이 답장을 보냈다.

피아프가 뉴욕에서 공연할 때 프랑스에 있는 세르당에게 보고 싶다고 와달라고 하자 세르당은 배로 가겠다고 했다. 그러자 피아프는 "배를 타고 오면 기다리다가 지쳐버릴 거야"라고 했다. 그 말을 들은 세르당은 바로 뉴욕행 비행기를 탔다. 그러나 그 비행기가 추락하면서 세르당은 세상을 떠나고 말았다. 에디트는 이렇게 말하며 울었다.

"당신을 너무 재촉했나 보다. 기다렸어야 했는데……"

사랑은 기다림이다. 서로 온도와 속도가 다르다고 조바심 낼 게 아니라 그 사람이 나와 비슷해질 때까지 기다려주자. 그 사랑이 걸어오고 있을지라도 어서 달려오라고, 어서 뛰라고 재촉할 게 아니라 그 사람을 향해 미소를 보내며 기다려주는 것, 인내를 가져야 꽃피우는 것, 그것이 사랑일 것이다.

Part 2

새드엔드는 없다고
말하고 싶다

자네 어머니는 지금 뭐 하시는가

그녀와 어릴 적부터 같은 동네에서 같이 자랐습니다. 어릴 때부터 그녀를 좋아했고 바라보기만 해도 미소가 나올 만큼 그녀는 예뻤습니다. 우리 아버지는 옛날 총각 시절부터 그녀의 아버지를 도와 온 그 집 일꾼이었습니다. 논농사며 밭농사부터 그 집안의 일들을 모두 아버지가 도맡아 하셨지요. 그녀는 가까이 하기에 너무 멀었지만 초등학교 때는 그녀의 책가방을 들어주고 함께 웃으면서 학교에 가곤 했습니다.

사춘기로 접어들면서 각자 다른 중학교와 고등학교로 진학하게 되었지만 여전히 내 머릿속은 온통 그녀 생각으로 꽉 차 있었습니다. 고등학교를 졸업하고 그녀는 대학에 진학했고 나는 고등학교를 졸업한 후 포목점에 취직했습니다. 당시만 해도 우리나라 섬유 산업이 호황을 누리고 있었기에 열심히 일했습니다. 그때까지 우리 식구는 그녀의 집

바깥채에 살고 있었고요. 가끔 그녀가 책을 끼고 집으로 돌아오면 그저 그 모습을 보는 것만으로도 행복했습니다.

어느 날 사장님 차를 몰고 거래처로 가고 있었는데 그녀가 보였습니다. 하얀 피부에 예쁜 원피스를 입고 어디론가 걸어가고 있었습니다. 용기를 내어 그녀 옆에 차를 세웠습니다.

"어디 가? 내가 데려다 줄까?"

그렇게 그녀는 차에 함께 탔습니다.

"어디로 데려다 줄까?"

"우리 학교 앞에 내려줘."

대학 건물 앞에 도착할 때까지 그녀는 말없이 창밖만 내다보고 있었고 나는 심장이 두근대서 아무 말도 하지 못했습니다. 그녀가 차에서 내리자 어떤 남자가 기다리고 있다가 반가운 표정을 지으며 손을 흔들었습니다. 그러고는 두 사람은 학교 앞 어느 카페로 들어가더군요. 그녀의 손을 잡은 남자가 몹시 부러웠습니다.

들리는 말에 의하면 그녀가 대학에 들어가자마자 사귄 남자친구라고 합니다. 둘은 무척 사랑하는 사이라고 하고요. 어떤 날에는 집 대문 앞에서 둘이 헤어지기 아쉬워 서로 껴안고 있다가 겨우 헤어지는 모습을 불빛이 없는 곳에 숨어 몰래 보기도 했습니다.

그렇게 시간이 흘러 그녀는 대학을 졸업하고 취직을 했고 나는 포목점에서 인정을 받으면서 해외 출장을 자주 다녔습니다. 한 번씩 몇 달에 걸친 장기 출장을 가기도 했는데 어느 날 긴 출장을 다녀와 보니 그녀는 결혼해서 다른 사람의 아내가 되어 있었습니다. 나도 부모님의 권유로 직업이 교사인 여자와 선을 보고 결혼을 했습니다. 여전히 마음속에는 그녀를 간직한 채로요.

아버지도 그 집에서 나오셔서 이제 고향으로 내려가셨고 나는 일에 매진하면서 사업이 꽤 번창했습니다. 가끔, 마음속에 다른 여인을 품고 사는 게 아내에게 미안해서 아내를 두고 해외로 돌았습니다. 아내는 눈치 챈 것 같았지만 불평불만 없이 잘 견뎌주었습니다.

그러던 어느 날 우리 회사에 20대의 젊은 지원자가 면접을 보러 왔습니다. 앳된 여성 지원자였는데 나는 깜짝 놀랐습니다. 그동안 마음속으로만 간직해 온 그녀와 무척이나 많이 닮아서였습니다. 이력서를 보니 놀랍게도 그녀의 딸임을 직감적으로 알 수 있었습니다. 똑똑하고 영어도 잘하고 해외 바이어를 많이 상대해야 하는 직원이 필요했기에 나는 그녀의 딸을 적임자라고 판단하고 고용했습니다. 어느 날 그 딸에게 물었습니다.

"자네 어머니는 지금 뭐 하시는가?"

최대한 내색하지 않으려 했지만 가슴이 많이 뛰었습니다.

"엄마는 병원에 입원 중이세요. 위암인데 많이 위독한 상황이에요."

"뭐라고? 아, 저런 많이 힘들겠구먼."

그녀가 암으로 위독하다는 소식에 너무 충격을 받았는지 갑자기 어지럽고 몸이 무겁게 느껴졌습니다.

"네, 요즘 퇴근하고 매일 병원에 가서 엄마를 돌봐드리고 있어요. 그런데 사장님 표정이 안 좋아 보이세요. 어디 불편하세요?"

"아니, 아니야."

며칠간 참 힘들었습니다. 생각해 보면 평생 힘을 내서 열심히 살도록 해준 원동력이 바로 그녀가 아니었나 합니다. 그녀의 귀에 내가 성공해서 잘 살고 있다는 말이 언젠간 들리기를, 그녀가 나의 존재에 대해 티끌만큼이라도 생각해 주기를 바라는 마음으로 죽어라 일을 했는지도 모릅니다. 그녀는 내 생의 엔진이었습니다. 그런 그녀가 세상을 떠나려 한다니, 갑자기 나는 기진맥진해지며 모든 것이 허망하게 느껴졌습니다.

그런 기분으로 며칠을 보내고 나니 아내에게 미안해졌습니다. 이제는 물론 사랑하는 아내와 아이들을 위해 무조건 내 마음을 쏟을 것입니다. 오랫동안 품어온 짝사랑을 정리하고 놓아주는 것이 아내에게 보답하는 길이겠지요. 그러나 언제 한번 그녀의 병문안이라도 가보려고 합니다. 그녀와 인사하면서 내 짝사랑과도 굿바이를 고할 생각입니다.

"내가 뤼브롱 산에서 양을 치고 있을 때의 이야기입니다"
로 시작되던 알퐁스 도데의 「별」이 생각난다. 몇 주일씩
이나 사람이라고는 통 그림자도 구경하지 못하고 다만 양
떼와 사냥개 검둥이와 함께 홀로 목장에 남아 있던 목동.
그곳에 아름다운 스테파네트 아가씨가 직접 노새를 타고
온다. 아가씨 머리에 꽂힌 꽃 리본, 눈부신 스커트, 그리
고 곱고 빛나는 레이스로 단장한 화려한 옷차림. 덤불 속
에서 길을 잃어 헤맨 게 아니라 어느 무도회에서 온 느낌
이 들 정도로 눈부시고 귀여운 모습이다. 하인들에게는
말을 거는 일이 없던 바로 그 아가씨가 지금 눈앞에 와 있
다. 그날 밤 고귀하고 예쁜 스테파네트 아가씨와 나란히
앉아 목동이 하염없이 바라본 무수한 별. 그 별을 보다가
자기 어깨에 살며시 기대어 자는 아가씨의 숨소리. 목동
은 환상에 젖어 일어나지도 못하고 이튿날 아마도 어깨에
쥐가 났겠지.
사실 우리는 모두 누군가의 첫사랑이었다. 비록 스테파네
트 아가씨처럼 머리에 꽃을 꽂고 무도회에서 온 것 같은
모습은 아니지만 누군가에게 사랑의 대상이었다. 요즘 청

춘들은 LTE급 속도로 빠른 세대라 어르신들처럼 메주 띄워놓고 된장 담그고 기다리는 숙성의 시간에 적응하지 못하겠지만 그래도 콩깍지가 요염하게 씌워지는 순간 사랑의 원래 모드로 작동을 시작한다. 목동은 평생 스테파네트 아가씨를 마음속으로만 품고 살 것이다. 하지만 언젠가 콩깍지가 아주 적나라하게 벗겨지는 날이 오면 스테파네트 아가씨도 아줌마로 변해 있을지 모른다. 그러나 그리움을 품어 행복했다면 그 짝사랑을 종식시키지 말고 가슴속에 영원히 품기를.

속으로만 좋아하다가

어릴 때 앞집에 같은 반 친구 재웅이가 살았습니다. 재웅이는 얼굴이 아주 잘생겼습니다. 착한 눈매와 입술이 좋아서 그 아이에게 푹 빠져 지냈습니다. 재웅이는 두발자전거 타는 방법도 가르쳐주었고 공부도 잘했습니다. 그런데 재웅이에겐 아빠가 없었습니다.

"우리 엄마가 스무 살 때 나를 낳았다는데 난 아빠 얼굴을 한 번도 본 적이 없어. 엄만 밤에 일하는 데 다니셔. 밤에 출근했다가 아침에 와서 낮엔 늘 주무셔."

묻지도 않은 얘기도 나에게 털어놓았습니다. 나는 재웅이가 나를 분명히 좋아하고 있다고 생각했습니다. 저녁이 되어서 엄마가 밥 먹으라고 부르는 소리가 나면 재웅이는 그걸 그렇게 부러워했습니다. 나는 어렸기 때문에 재웅이가 왜 나를 부러워하는지 이해가 되지 않았습니다.

재웅이는 집이 부유했고 사고 싶은 것을 다 살 수 있었으니까요.

우리는 초등학교를 졸업하고 멀리 중학교를 가게 되면서 더 이상 만날 수가 없었습니다. 둘 다 공부한다고 늦게까지 학교에 있었고 집에 오면 저녁을 먹고 다시 공부를 해야 했지요. 중3이 되자 재웅이는 옆 동네의 빌라로 이사를 가버렸습니다. 용기를 내어 재웅이가 이사 간 집을 찾아갔습니다.

"재웅아, 네가 없으니까 이상해. 다시 이사 오면 안 돼?"

"나도 서운해. 근데 어떡하냐. 엄마 따라 다녀야 하는 걸."

"너 중학교에서도 공부 잘한다고 소문났더라. 너무 그렇게 잘하지 마. 나랑 수준 맞춰. 알았어?"

그렇게 얼굴만 보고 돌아서는데 재웅이가 나를 다시 불렀습니다.

"수지야, 너도 잘 지내. 잘 지내다 만나자."

그 아이가 손을 흔들며 건넨 '잘 지내다 만나자'는 말이 참 기분 좋게 들렸습니다. '만나자'는 의미는 나중에 우리 이성 친구로 만나자는 의미로 들렸습니다. 나의 '재웅앓이'는 고등학교에 진학해서도 멈출 줄 몰랐습니다.

나는 공부에 매진했고 원하는 대학에 붙었습니다. 합격하자마자 재웅이네 집에 전화를 했습니다. 그런데 아무도 전화를 받지 않았습니다. 재웅이네와 연락이 닿는 반장 아주머니에게 여쭤보니 재웅이는 대학에 떨어졌다고 합니다. 집에 찾아가볼까 했는데 하나밖에 없는 공부 잘하는 아들이 대학에 떨어졌으니 그 엄마의 심정도 말이 아니라는 주변 사람들의 말이 들려왔습니다.

대학에 입학했지만 어떤 남자도 눈에 들어오지 않았습니다. 재웅이 어머니가 큰 식당을 개업했는데 식당에 손님이 정말 많아 대박이 났다는 소식이 들렸습니다. 가을이 오자 더 이상은 참을 수 없었습니다. 재웅이가 다니는 학원을 알아보고 그 학원 앞에서 기다렸습니다. 밤늦게까지 기다리고 기다렸지만 재웅이를 볼 수 없었습니다. 다음날에도, 그 다음날에도 학원생들이 우르르 나오는 시간에 재웅이의 얼굴은 보이지 않았습니다.

"이상하다. 분명 여기서 공부한다고 했는데."

열흘을 그렇게 지키고 서 있었지만 만나지 못했습니다. 드디어 대입 시험일이 다가왔습니다. 나는 재웅이가 대학에 붙기만을 기도하고 또 기도했습니다. 사놓은 엿과 찹쌀떡을 전해 주지도 못한 채 말입니다. 그런데 어느 날 엄마가 목욕탕에서 돌아와서 말했습니다.

"애, 너 재웅이 알지? 왜 우리 동네에 살았던 애 말이야. 너 그 애랑 맨날 놀았잖아. 세상에, 오늘 반장 아주머니한테 들었는데 재웅이가 결혼한단다."

나는 엄마의 말을 마구 부정했습니다.

"뭐라고? 말도 안 돼. 재웅이 지금 재수해."

그러자 엄마는 더 큰 목소리를 냈습니다.

"그랬지. 그 애가 공부도 잘해서 걔네 엄마가 서울대에 보낼 거라고 얼마나 기대를 했는데. 그런데 사단이 났지 뭐야. 하라는 공부는 안 하고 연애를 했나 보더라. 학원에서 여자애 하나랑 사귀었는데 어쩌다 그만 여자애가 애를 가졌단다."

나는 떨려서 아무 말도 할 수 없었습니다. 엄마의 말은 계속 이어졌습니다.

"그래서 내년에 재웅이가 아빠 되게 생겼대. 걔네 엄마가 얼마나 기가 막히겠니. 하는 수 없이 결혼시키고 한 해 더 공부해서 둘 다 대학에 보낸단다. 아기는 여자애 집에서 키워준다고 했대. 재웅이네 엄마는 장사하니까 바쁘잖아. 대학에 붙었다는 소식이 들려야 하는데 결혼한다는 소식이 들리니 참, 세상은 한 치 앞도 알 수가 없구나."

결국 나는 방으로 뛰어 들어가 펑펑 울고 말았습니다. 옷장 한구석에 쌓아둔 선물들을 바라보았습니다. 밸런타인데이, 크리스마스와 같이 무슨 날만 되면 사두었던 선물과 편지들. 고이 두었다가 나중에 한꺼번에 주려고 했는데, 그것들을 보니 더 눈물이 났습니다.

"이 못된 놈. 바보! 왜 그렇게 되어버린 거야? 조금만 기다리지."

며칠 동안 울다가 용기를 내어 재웅이 어머니가 운영하는 식당에 가보았습니다. 들어가지는 못하고 밖에서 그 애의 얼굴을 볼 수 있을까 해서 식당 안을 유심히 둘러보았습니다. 그냥 그 아이가 정말 결혼을 하는 게 맞는지 확인하고 싶었습니다. 재웅이가 보였습니다. 재웅이는 앞치마를 두르고 불판을 나르고 있었습니다. 어릴 때의 잘생긴 얼굴 그대로였습니다. 그런데 바로 옆에서 앞치마를 두른 낯선 여자애가 보였습니다. 재웅이의 옆에 딱 붙어서 졸졸 따라다니고 있었습니다. 얼굴은 여고생처럼 앳되었고 배는 살짝 나온 걸 보니 바로 재웅이와 결혼할 그 아이인 것 같았습니다.

모든 건 사실이었습니다. 둘은 서로 얼굴을 마주보았고 뭐가 그리

좋은지 입가에 미소가 가득 번져 있더라고요. 내 마음은 눈물바다인데 말입니다.

'나쁜 놈! 잘 먹고 잘 살아라.'

그렇게 나의 오랜 사랑을 접어야 했습니다. 왜 그동안 바보같이 재웅이를 마음속으로만 좋아했는지 후회가 되었습니다.

그 후 소식을 들으니 재웅이는 결국 대학에 못 갔고 엄마의 식당을 물려받아 아주 잘 운영하며 행복하게 살고 있다고 합니다. 그러나 내 마음속에는 재웅이가 환하게 미소 짓던 모습이 아직도 멍으로 남아 있습니다.

남녀가 만날 때 서로 뭔가 특별한 느낌을 나누는 순간이
있다. 연인이 되기 전의 느낌. 그 느낌이 확 다가올 때 급
하게 들이대면 상대방은 뒤로 물러서게 된다. 우선 좋아하
는 것에 대한 화제로 대화를 이끌어가는 것이 좋다. 약간
의 기분 좋은 농담이나 장난을 쳐도 좋다. 물론 아직 상대
방의 마음 상태를 모르는데 내 느낌에만 충실한 나머지 그
사람 놓치고 싶지 않다고 너무 들이대지는 말기를. 지나치
게 들이대지 말라는 것이지 영원히 뒤로 미루라는 뜻은 아
니다. 그러다 사람을, 사랑을 놓치는 경우가 많다. '사랑을
미루다'라는 말은 '사랑을 놓치다'라는 말과 동의어다.
초등학교 때는 중학교에 가면 해야지, 중고등학교 때는 대
학 가면 해야지 하고 미루지만 정작 대학에 가면 군입대나
유학 문제 등으로 고난의 상황이 더 많아진다. 사랑하기에
적당한 시절은 없다. 늘 고난은 그 시기의 주위를 돈다. 사
랑은 막연한 기다림으로는 피어나지 못한다. 나의 리즈 시
절이 항상 연장되는 건 아니기도 하고 말이다. 내 심장은
소중한데 왜 쟁여두기만 하는가. 내 그리움이 전달될 수
있는 통로를 광대하게 몇 배로 넓혀야 하지 않겠는가. 밥

이야 뜸들이면 맛있지만 사랑은 지나치게 뜸들이면 퍼져 버릴 수 있다. 지금 사랑하면 사랑한다고 말하자. 가만 보면 상대를 너무 배려하는 타입이 오히려 사랑을 이루지 못하는 경우가 많은 것 같다.

때가 오기를 하염없이 기다리기만 하는 사람에게 사랑은 늘 갈증이다. 같이 일하는 D.J 이숙영 씨가 늘 강조하듯이, 그래서 남녀 사이에 놓인 진입 장벽을 낮추고 '예선'의 문턱 또한 낮춰야 하리라. 사랑의 두 번째 단계로 들어설 때는 내가 낮아지는 것, 어느 정도 욕심을 포기하고 비우는 일이 필요하리라. 그리고 '결선'에서는 무모하다 싶을 정도로 사랑만 생각하고 도전해야 할지도 모른다. 그래야 후회가 남지 않는다. 성격이 인연을 만들고 성격이 인연을 방해하기도 하니까.

너의 영원한 팬이 될게

그녀와 처음 만난 건 고등학교 1학년 때입니다. 당시 학교는 뒷전이고 친구들과 삼삼오오 모여 사고만 치고 다녔습니다. 교실보다는 학생부가 더 친숙했고 학원보다는 파출소 출입이 더 잦았습니다. 남녀공학 고등학교에 진학하면서 각 동네의 중학교 친구들이 모이다 보니 사고 치는 범위는 점점 커져만 갔습니다.

어느 날 오후 책상 서랍에서 발견된 노란색 편지 봉투 하나. 편지를 열어보니 나를 오랫동안 좋아해 왔다는 고백의 편지였습니다. 편지 말미에는 전화번호가 적혀 있었습니다. 모두가 집으로 돌아간 텅 빈 교실에 남아 그 번호로 전화를 걸었습니다.

"편지를 읽긴 했는데 나는 네가 누군지 몰라."

"반가워. 그럼 우리 내일 잠깐 볼까?"

다음날 저녁 놀이터에서 그녀를 만났습니다. 그녀는 댄스 동아리에서 활동하고 있는 옆 반의 평범한 여학생이었습니다.

"근데 넌 나를 어떻게 알아?"

"우리 중학교도 같이 나왔어. 나 몰라?"

"아, 그렇구나. 얼굴은 몇 번 본 것 같다."

"난 중학교 때부터 널 좋아했는데."

"나를?"

"응! 근데 내 친구들이 고백하지 말라고 말리는 바람에 못 하고 있다가 용기 내서 이제 한 거야."

"고백한다는데 왜 말려? 그 친구들 누구야?"

"왜? 때리려고? 네가 그러니까 고백도 하지 말라고 한 거겠지? 후후."

"그럼 왜 고백했어?"

"많이 좋아하니까."

그 말에 가슴이 콩닥콩닥 뛰고 얼굴이 달아올랐습니다. 아주 가슴 뛰는 일이었습니다. 우리 둘은 그날부터 사귀기로 했습니다.

평범하지만 웃는 모습이 정말 예쁜 그 아이, 춤추는 것을 좋아해서 댄스 동아리 활동을 열심히 하는 아이였습니다. 시험 기간이 되면 그녀를 따라 난생 처음으로 독서실이라는 곳으로 공부를 하러 갔습니다. 사고뭉치였던 내가 하루하루 평범한 고등학생이 되어가고 있었습니다. 그녀가 물었습니다.

"너 지금 평균 점수가 얼마지?"

"나? 올라서 40점!"

"아이고 속 터져. 이번에는 60점을 넘겨봐!"

"나에게도 한계라는 게 있어."

"한계는 없어. 60점 넘으면 소원 들어줄게. 대신 못 넘으면 네가 내 소원 들어줘야 해!"

"알았어. 근데 너 약속 지켜라. 60점 넘으면 내 소원 들어줘야 해."

"공부나 열심히 해봐."

그녀를 놀라게 해주고 싶었습니다. 그래서 열심히 공부했고 그때까지 평균 30점에서 40점을 밑돌던 성적이 기말고사에서 78점이라는 놀라운 수준으로 발전했습니다. 교무실에서 호출이 와서 갔더니 혹시 커닝한 건 아니냐고 의심받을 정도였습니다. 난생 처음 '진보상'이라는 것도 받게 되자 부모님과 선생님들은 달라진 내 모습에 뛸 듯이 좋아했습니다.

그렇게 1년이 지났을 때 그녀가 한 가지 소식을 전했습니다. 유명기획사에서 가수 오디션을 몰래 봤는데 합격했다는 겁니다. 그런데 기쁘지는 않고 걱정이 되더라고요. 학교가 끝나면 그녀는 기획사 연습실로 향해야 했습니다. 전화를 해도 연습 중이라 꺼져 있는 전화기. 문자를 보내도 밤늦게야 확인했다며 오는 답장. 나는 점점 혼자가 되어갔습니다.

몇 달이 더 지난 어느 날이었습니다. 점심시간에 친구와 둘이서 학교 매점에 가고 있는데 매점 뒤편에서 남학생 여럿이 여학생 한 명을 에워싸고 혼을 내는 광경이 보였습니다. 가운데 둘러싸인 여학생의 울음 섞인 목소리가 들려왔습니다. 목소리가 굉장히 낯익어서 뛰어가 보니 울고 있는 여학생은 바로 그녀였습니다. 달려간 내가 남자애들을 제치고 그녀에게 물었습니다.

"여기서 뭐 해? 왜 울어?"

"아, 아무것도 아니야. 괜찮아."

내 얼굴이 분노로 일그러지는 게 느껴졌습니다. 남학생들이 뒷걸음치면서 "좀 까부는 것 같아서 꼴보기 싫어 혼내주고 있었다"고 했지만 그 말이 끝나기도 전에 나는 남학생들을 향해서 주먹을 날려버렸습니다. 이성을 잃고 흠씬 두들겨 팼습니다. 학생부 남자 선생님 여럿이 달려 나와 말렸고 나는 학생부로 끌려갔습니다.

일주일 후에 교문 앞 게시판에 공고문이 붙었습니다. 공고문의 주인공은 나였고 "교내 폭력으로 인하여 이전퇴학"이라는 문구가 쓰여 있었습니다. 결국 나는 징계를 받고 다른 학교로 쫓겨나다시피 전학을 가야 했습니다. 그런데 그 후로 그녀가 전화를 받지 않았습니다. 무척 보고 싶은 마음에 그녀의 연습실로 찾아가 무작정 기다렸다가 그녀를 만났습니다.

"오랜만이다. 여긴 어때? 연습은 잘 돼?"

"응, 어쩐 일이야?"

"보고 싶어서."

"그랬구나. 근데 이런 데 찾아오고 그러면 안 돼."

"나한테 화난 거 있어? 왜 전화를 안 받아?"

"연습하고 있었어."

"매일? 쉬지도 않고?"

"응."

짧은 대답만 형식적으로 하는 그녀에게 화가 났습니다. 잠시 불편한 침묵이 흐른 뒤 그녀가 말했습니다.

"네가 무서워."

"내가 무섭다고? 내가 네 말을 얼마나 잘 듣는데, 왜 내가 무서워?"

"몰라, 무서워. 저번에 애들 때리는 거 본 후부터 무서워졌어. 그럼 나 가볼게."

그게 그녀와의 마지막이었습니다. 내가 무섭다던 그녀의 말 한마디가 머릿속에서 빙빙 돌았습니다. 더 이상 그녀를 찾아가지도 연락하지도 잡을 수도 없었습니다. 그녀를 지켜주려 했던 행동이 그녀에게는 큰 충격이었나 봅니다.

그렇게 그녀와 사귄 2년여의 꿈같고 행복했던 시간이 끝났습니다. 전학 간 학교에서 고3 1년을 정말 미친 듯이 공부만 했습니다. 그녀에게 뭔가 보여주고 싶었기 때문입니다.

대학에 진학하고 몇 년의 시간이 흘렀습니다. 광고기획사에서 일하던 나는 광고 사진을 찍기로 한 어느 걸그룹의 촬영 스케줄을 넘겨받았습니다. 함께 촬영하게 될 걸그룹에 대해 알아보고자 인터넷을 두드렸습니다. 그런데 유독 눈에 띄는 멤버 한 명의 낯익은 얼굴…… 바로 그녀였습니다. 만나게 되면 무슨 말을 먼저 해야 할지 머릿속은 복잡해졌고 그녀를 다시 본다는 생각에 설렜습니다.

마침내 그날이 왔습니다. 그런데 그녀는 나를 처음 보듯 인사를 건넸습니다. 서로 인사하는 미팅이 끝나고 동료 선배에게 촬영을 부탁했습니다. 그녀도 나를 알고 있지만 표현을 안 하는 것일 테고 그게 그녀에게도 편할 테니까요.

돌아보면 어린 시절 그녀도 나의 행동에 큰 상처와 충격을 받았을 겁니다. 이제야 그녀에게 진심으로 말하고 싶습니다. 꿈을 이룬 걸 정말 축하한다고. 너 때문에 정말 행복한 학창 시절을 보낼 수 있었고 이제는 너의 영원한 팬 중 한 사람이 되어 항상 응원하겠다고.

어떤 라디오 사연 하나가 생각난다. 둘이 진도가 잘 나가고 있었다. 남자가 결혼하자고 하자 여자가 조건을 내걸었다.

"자기가 담배를 끊으면 그땐 청혼을 수락할게."

그 얘기를 들은 남자는 이젠 정말 끊겠다며 그 자리에서 피우던 담배를 자기 팔에 비벼 끄더란다. 여자는 그 순간 너무 놀랍고 무서웠고 자기 팔에 담뱃불을 짓이겨 끄는 남자는 폭력도 불사할 수 있다는 생각에 결국 헤어졌다고 한다.

여자들은 폭력을 싫어한다. 기질적으로 두려워한다. 남자와 달리 몸속에 아기집을 갖고 태어나 본능적으로 방어하려는 마음이 있어서 그런 걸까? 터프한 남자에게 매력을 느끼긴 하지만 폭력을 쓰는 남자에게는 격하게 거부감을 느낀다. 박력 있는 사람에게는 나를 보호해 줄 것 같은 안도감을 느끼지만 폭력적인 남자에게는 나에게도 쳐들어올 것 같은 위기감을 느낀다.

우리는 모두 현대를 살고 있지만 남녀의 사랑 유전자는 선사시대 아프리카 사바나 초원에서 수렵 채집을 하던 시기에 머물러 있는지도 모르겠다. 요즘도 여전히 남자는 먹이 추적자이고 여자는 둥지 추적자인 느낌이랄까. 남자들이 사냥해 올 동안 여자들은 둥지에서 평화롭게 지내고 싶은 느낌이 드는 건 사실이다. 그러니 어디서 큰 소리만 들려도 덜컥 겁이 나는 여자에게 남자의 폭력은 공포요 걱정거리다. 남자친구가 욱하는 것을 보면 여자는 자기 자신을 향한 보호 본능 체제를 발동시킨다.

여자의 입장에서는 이성적이지 못한 남자친구가 평화로운 인생에 큰 걸림돌이 될지도 모른다는 불안감이 든다. 물론 내 편을 들어주는 것은 눈물 나게 고맙다. 예전에 잡지사에 다닐 때 상사 때문에 힘들어하는 나에게 남자친구가 "널 힘들게 하는 그 상사 놈을 내가 부숴버릴게"라고 말해줄 때 나는 그가 다시 보였고 든든하다고 느꼈다. 그러나 진짜 부수면 안 된다. 그게 바로 여자 심리다. 당신 곁에 있는 그녀를 당신 짝으로 만들고 싶은가? 그러면 그녀를 보호하는 말은 많이 해주되 앞에서 폭력은 쓰지 않기를.

술만 마시면 우는 여자

지인의 소개로 그녀를 만났습니다. 그때 스물여덟 살이었던 나는 지방 소도시에서 군인 장교로 근무하고 있었습니다. 그녀는 대학생이었습니다. 피부가 아기처럼 뽀얀 그녀의 얼굴은 이상하게 수심이 가득해 보였습니다. 같이 밥을 먹고 술을 한잔 마시게 되었습니다. 그런데 술을 꽤 마신 그녀가 갑자기 울기 시작했습니다.

"왜 그래요? 무슨 일 있어요?"

"아니에요. 아무것도 아니에요."

"왜 그러는데요? 말해 봐요, 네?"

"아니에요. 그만 나가요. 집에 가야겠어요."

걱정이 된 나머지 그녀를 집까지 데려다 주었습니다. 첫 만남은 그렇게 헤어지게 되었습니다. 다음날 전날 일이 마음에 걸려 전화를 해보

있습니다.

"괜찮아요?"

"아, 어젠 정말 미안했어요. 제가 술을 마셔서 감정이 좀 북받쳤나 봐요."

"그럼 우리 또 만나도 되는 거예요?"

우리는 며칠 뒤 다시 저녁을 먹기로 하고 만났습니다. 그녀는 만나자마자 술을 사달라고 하더니 이번에도 술을 마시고 또 훌쩍훌쩍 울기 시작했습니다. 이 여자, 술버릇이 우는 건가 싶어서 정나미가 좀 떨어지려 했습니다. 그런데 그녀가 이유를 털어놨습니다.

"정말로 사랑하는 남자가 있었어요. 나이도 많고 학력도 직업도 변변치 않은 데다 가진 재산도 없이 홀어머니를 모시고 사는 사람이에요. 그래서 우리 부모님이 심하게 반대해서 헤어졌는데 너무 보고 싶어요. 보고 싶어서 미칠 것 같아요."

우는 그녀가 많이 안쓰러웠습니다. 정말로 그 남자를 좋아하는 것 같았습니다. 그녀는 한참 더 울더니 말했습니다.

"저기, 미안하지만 그쪽을 소개받은 것도 그 사람을 잊기 위해서였어요. 진짜 미안하네요."

우는 그녀를 보호해 주고 싶어졌습니다. 그녀가 원한다면 내가 그 남자를 잊게 해주고 싶었습니다.

그날 밤늦도록 그녀를 달래 주었고 그런 만남을 몇 번 더 가지면서 우리는 사귀는 사이가 되었습니다. 여자친구의 부모님은 군인이라는 직업을 마음에 들어하지 않으셨습니다. 그 가족이 힘들다는 것을 알기 때문이었습니다. 하지만 그녀는 나를 만나면서 첫사랑으로 인한 괴로움을 잊어가는지 내게 많이 의지했습니다. 어느 날 데이트를 하던 중 그녀가 말했습니다.

"아빠가 전기 공사를 전문으로 하는 회사를 운영하고 있어. 제대하고 우리 아빠 일 도와줄 수 있어?"

나는 잠시 생각에 잠겨야 했습니다. 직업군인의 길을 가기 위해 장기 복무를 신청해서 어렵게 장기복무자로 선정되어 있던 상황이었거든요. 그래도 그녀를 위해서라면 그 일을 포기하고 아버지 사업을 도와드리겠다고 말했습니다. 그녀는 뛸 듯이 기뻐했습니다.

그 후 그녀의 부모님은 자주 집에 불러서 밥도 해주시고 장래의 사윗감으로 인정해 주시는 듯했습니다. 우리는 어느새 결혼할 사이가 되었고 우리 부모님께도 그녀를 소개했습니다. 어머니도 예쁘고 싹싹한 그녀와 내가 빨리 결혼하기를 원하셨습니다.

그녀와 만난 지 어느덧 1년이 흘렀을 즈음이었습니다. 나는 더 먼 도시로 OAC(고등군사반) 교육을 받기 위해 떠나야 했습니다.

"나 없다고 외로워하면 안 돼. 교육이 없는 주말에는 꼭 같이 지내자."

"응, 자주자주 와야 해."

그렇게 낮에는 교육을 받고 저녁에는 전화로 이런저런 얘기를 하며 아무런 문제 없이 지냈습니다. 나는 행복한 남자가 되어 있었습니다. 훈련 중에도 자꾸 웃음이 나왔고요. 그런데 어느 날 한밤중에 전화벨이 울렸습니다. 그녀였습니다.

"아무래도 안 되겠어. 우리 헤어져."

그러고는 털어놓는 말들이 믿어지지 않았습니다. 나를 만나는 동안에도 그 사람을 다시 연락해서 만났다고 했습니다. 나와 결혼하려고 노력했는데 그 사람을 안 보면 미칠 것 같아서, 그래서 첫사랑 그 남자를 만났다는 겁니다.

정말 미칠 것 같았습니다. 주말이 되자 그녀의 집 앞 카페에서 둘이 만났습니다. 직접 만나서 이야기를 들어봐야 했으니까요. 그녀는 너무 솔직했습니다.

"그 사람은 내가 오빠를 만나도 괜찮대. 그냥 자기를 만나기만 해주면 상관없대. 오빠도 그래 줄 수 있어? 결혼해도 그 사람 만나는 걸 허락해 준다면 오빠와 결혼할게."

내가 너 미쳤냐고 하기도 전에 그녀의 말이 이어졌습니다.

"난 그 사람 없이는 안 돼. 그런데 오빠도 싫진 않아. 우리 부모님이 오빠와 결혼하는 건 허락하셨고."

'너 지금 너무한다고 생각 안 해?'라고 말하고 싶었지만 입이 떨어지지 않았습니다. 벌떡 일어선 나는 배신감에 너무 화가 나서 그녀에게 욕을 하고 카페를 나왔습니다. 막 뛰어서 정류장까지 오는데 눈물이 흘렀습니다. 그게 그녀를 마지막으로 본 날입니다. 한 달이 지나고 그녀의 어머니로부터 전화가 왔습니다.

"요즘 왜 안 와? 둘이 싸웠어? 우리 상은이가 요즘 울고 지내는데 서러다 병이 나진 않을까 걱정이야. 무슨 일 있었어?"

"저희 헤어졌습니다. 어머님, 그동안 고마웠습니다. 행복하시고, 그리고 상은이는 정말 좋아하는 남자와 결혼해야 해요. 안 그러면 결혼해서도 불행해질 거예요. 그 남자와 결혼해야 상은이는 행복하게 살 수 있어요."

그렇게 전화를 끊었습니다.

그로부터 2년이 지날 무렵이었습니다. 휴가를 받아 잠시 다른 지방에 볼일이 있어 내려가게 되었습니다. 차를 몰고 가다 대기 신호에 걸렸는데 문득 이상한 느낌이 들어 고개를 돌렸습니다. 옆에 있는 남자의 팔짱을 끼고 건널목을 건너가며 행복해하는 만삭의 여자가 눈에 들어왔습니다. 바로 그녀였습니다. 그녀 옆에 있는 남자를 보니 그녀가 그렇게 사랑하던 그 남자임을 알 수 있었습니다. 그녀의 표정은 이제껏 보지 못한 아주 행복한 얼굴이었습니다.

'아, 네가 오로지 사랑한 사람은 저 남자였구나. 결국 저 남자와 결혼했구나.'

두 사람의 모습은 세상에서 가장 행복한 풍경이었습니다. 그녀가 행복해하는 걸 보니 내 마음도 기뻤습니다.

'행복하니 됐다. 너는 세상 어떤 것보다 사랑을 선택했구나. 그 선택으로 평생 행복하길 바란다.'

나도 모르게 뺨 위로 또르르 눈물이 구르면서 그동안의 원망과 미련과 배신감이 눈 녹듯이 사라지며 안도감으로 변해 가는 것을 느꼈습니다.

여자는 지금의 마음이 현실이다. 그 현실을 좇으며 가슴속에 고이 모셔둔 남자에게 평생 거주권을 준다. 대학 시절학보에 실린 내 글을 보고 연락해 온 남자가 있었다. 그는 내가 학보에 글만 실으면 바로 액자로 만들어 학교로 보내곤 했다. 그러다 그를 만났다. 만나기 전부터 이미 내 글을 통해 나를 알아온 그는 나를 만나기도 전에 나를 좋아한 것 같았다. 그러나 나는 그 사람이 낯설었다. 몇 번을 만났지만 그에게 고마움을 느낄 뿐 마음은 닿지 않았다. 나중에 들었는데 그는 다른 여자와 소개팅 자리에서 내 이야기를 하며 울었다고 한다. 남자는 자신이 좋아하게 된 여자에게 미련이 있는 채로 헤어지면 그녀에 대해 꿈과 환상을 품는 것일까? 그러나 여자는 현실을 산다. 여자에게 현실은 사랑이다. 그 사람에게 내가 어떻게 보일까, 그 사람이 얼마나 나를 보살펴줄까, 그 사람이 얼마나 나를 행복하게 해줄까, 그 사람과 얼마나 재미있게 살 수 있을까. 이런 물음들이 여자에게는 현실이다.

〈위대한 개츠비〉에서 개츠비는 현실적으로는 부패했지만부패하지 않은 꿈을 숨기고 있었다. 그래서 자기를 버리고 떠난 데이지의 집 근처 저택을 사들인 다음 언젠가 그녀와 인연이 다시 닿기를 소망한다. 그러나 그건 꿈일 뿐이다. 여자의 마음을 얻기 쉽다고 생각하면 오산이다. 여자의 마음속 방을 차지하려면 그 가슴속 심장부에 살고 있는 한 남자를 내보내야 한다. 그러나 데이지의 마음의 방에는 남편이 이미 살고 있다.

여자는 자신을 만났던 남자가 "그녀는 내가 본 여자 중에서 가장 예뻤다. 우리는 운명이다"라고 말해 주기를 바란다. 평생 한마음으로 자신을 사랑해 주는 개츠비 같은 남자가 있어주기를 바란다. 그러나 그런 남자에게 마음을 온통 다 바치지는 않는다. 개츠비에게 고마워하기는 하지만 데이지는 끝까지 현실을 산다. 그녀가 사랑하는 것은 개츠비가 아니라 현실 그 자체다. 여자의 가슴속에서 가장 중요한 사랑의 자리는 현실 속 한 남자에게 허용될 뿐이다. 대체적으로 그렇다. 사랑하던 여자가 행복하게 사는 것에 안도할 줄 아는 멋진 남자들이여, 사랑의 다음 정류장에서는 한 여자의 현실 속 주인 자리를 차지하게 되길 바란다.

사랑과 현실 사이에서

그녀를 처음 만난 건 일본의 시골에 있는 한 대학에서였습니다. 우리 둘 다 일본어 공부를 목적으로 교환 학생으로 가 있었습니다. 잔디밭 벤치에서 어딘가 쓸쓸한 표정을 짓고 멍하니 앉아 있는 그녀를 발견하고 나도 모르게 자전거를 세우고 다가가 말을 걸게 되었습니다.

"안녕하세요? 저, 교환학생 맞죠? 환영 파티 때 봤는데. 혹시 나 기억해요?"

"안녕하세요? 당연히 기억하죠."

"아, 기억하시네요. 수업 마치고 집에 가다가 표정이 좀 쓸쓸해 보여서 왔어요. 고향 생각이 나서 그런 거죠?"

우리는 이런저런 이야기를 나누며 자연스럽게 친해지게 되었습니다. 돌아가는 길에 학교 앞 슈퍼마켓에 들러 딸기우유를 사서 그녀에게 전했습니다.

"딸기우유를 좋아하나 봐요. 나도 아주 좋아하는데."

"한국에서도 술 먹고 나면 해장국 대신 이걸 먹었어요."

어릴 적 어머니를 암으로 여의고 정을 그리워하던 그녀는 활발한 내게 호감을 느끼고 많이 따랐습니다. 우리는 바로 커플이 되었습니다. 나는 생활비를 벌기 위해 막노동, 장애아 돌보기 등 여러 일을 해야 했고, 그녀는 나를 위해 매일 손수 밥을 지어주었습니다. 내가 피곤할 때면 마사지를 해주기도 했고 늘 자기보다 약한 사람을 사랑하고 도와주는 착한 사람이었습니다. 그런데 그녀는 한국인이 아닌 유럽에서 온 백인 학생이었습니다. 나보다 한 살 어렸고 영어, 독일어, 일본어, 중국어에 능숙한 재원이었습니다. 우리는 일본어로 의사소통을 했습니다. 둘이 함께 있으면 어떤 일이든 견딜 수 있었습니다.

10개월간의 교환학생 생활이 막바지에 이르자 나는 고민에 빠졌습니다. 국적이 달라 결혼은 현실적으로 좀 어려울 것 같아서였습니다. 일주일 뒤 그곳 생활을 끝내고 한국으로 돌아왔습니다. 혼자가 아닌 그녀와 함께 말입니다. 도저히 헤어질 수 없어 그녀가 같이 한국으로 따라 온 겁니다.

한국에 있는 한 달 동안 연인으로 변함없이 따뜻하고 행복한 시간을 보냈습니다. 그러나 그녀를 보낼 때가 되자 가정형편 걱정에 취업 고민까지 해야 했던 나이기에 그녀에게 헤어지자고 했습니다.

"널 현실적으로 행복하게 해주기에는 내 형편이 너무나 힘들어. 우리 연인이 아닌 친구로 남자."

"안 돼. 헤어질 수 없어. 제발 헤어지자는 말은 그만해. 난 언제까지나 기다릴 거야."

그녀는 눈물을 보이며 헤어지는 것을 완강히 거부했습니다.

그녀가 자기 나라로 돌아간 후에도 우리는 온라인 화상 채팅이나 이메일을 통해 매일 연락하며 지냈습니다. 방학 기간을 이용해 그녀가 한국을 또 방문했습니다. 다시 만나게 되어서 좋았지만 여전히 나의 현실은 그녀와 시간을 보내고 있을 형편이 되지 못했습니다. 나에게 매달리는 그녀에게 안타까워하며 말했습니다.

"만나면 이렇게 좋은데 자주 만날 수 없는 상황이 너무 힘들다. 정말 많이 고민했는데 말이야. 네가 당장 한국으로 와도 집도 없고 돈도 없어서 널 행복하게 해줄 수 없을 것 같아. 앞으로는 그냥 좋은 친구로 지내자."

몇 번이나 내가 호소하자 그녀는 하염없이 눈물을 흘리고는 결국 수긍했습니다. 그런데 그녀가 제안을 하나 했습니다.

"우리 마지막으로 한 달만 같이 있자. 우리 둘만의 버킷리스트를 작성해서 한 달 동안 하나씩 실천해 보는 거야. 어때?"

우리는 우리가 하고 싶은 일의 목록을 만들어 같이 하기 시작했습니다. 놀이공원에 가기, 고아원에 가서 아이들과 놀아주기 등 할 수 있는 범위 안에서 함께하며 서로 무척 사랑하고 있음을 느꼈습니다.

한 달을 즐겁게 보내고 이별의 시간이 왔습니다. 마지막 날 공항에서 우리는 쉽게 헤어지지 못하고 서로 한참을 바라보았습니다. 마침내 눈물범벅이 되어 그녀를 보내고 공항에서 돌아오는 길, 모든 걸 잊자는 마음으로 고속도로 위 차창 밖으로 반지도 버렸습니다.

　그 후에도 쉽사리 연락을 끊을 수 없었던 우리는 친구로서 연락은
지속하기로 하고 온라인 상에서 소식을 주고받았습니다. 화상 채팅을
하던 어느 날이었습니다. 뭔가 말하기를 망설이는 그녀를 보고 남자친
구가 생겼구나 하는 느낌이 왔습니다.

　"나 고백할 게 있는데 실은 남자친구가 생겼어. 날 많이 사랑해 주고
아껴줘서 예전의 너를 생각나게 하는 좋은 사람이야. 미안해."

　"울긴 왜 울어. 또 뭐가 미안하냐? 미안한 건 나지. 널 아프게만 했는
데. 그래도 네가 좋은 사람 만난 것 같아서 나도 기분 좋다. 아프지 말
고 예쁘고 행복하게 사랑해."

　계속해서 그녀로부터 연락은 왔지만 나는 차츰 회신의 빈도를 줄였
습니다. 나의 의중을 알아차렸는지 그녀도 점점 연락이 뜸해졌고 그러
다 자연스레 소식이 끊겼습니다.

　몇 년을 더 보내고 그냥 일밖에 모른 채 바쁘게 살고 있었는데 문득
눈을 들어 창밖을 내다보니 벚꽃이 흩날리고 있었습니다. 나도 모르게
내 입에서 이런 말이 튀어나왔습니다.

　"보고 싶다. 지금 넌 어떻게 지내니? 정말 많이 보고 싶다."

　눈에 금세 눈물이 차올랐습니다. 나를 참 사랑해 주었는데 나는 눈
물만 흘리게 했네요. 새삼 그녀의 아픔이 진해져서 가슴이 아려왔습니
다. 그녀에게 사과는 해야겠다는 생각이 들어서 SNS 주소를 알아내 메
시지를 보냈습니다.

　"나 기억해? 잘 지내고 있는지 궁금해."

바로 답이 왔습니다.

"응, 나는 아주 잘 지내고 있어. 일본에서 석사 논문을 준비하느라 요즘 바쁜 날들을 보내고 있지. 가끔 네 사진을 SNS에서 보곤 하는데 여전히 모든 사람들에게 사랑받으며 사는 것 같아서 보기 좋고 안심이 돼."

"미안해. 못해 준 것만 기억이 나."

"미안하다는 말은 이제 하지 말아줬으면 해. 네 맘은 항상 따뜻했다는 걸 알아. 또 내게 넌 행복한 추억으로 남아 있으니까. 아직도 딸기우유 좋아해? 딸기우유 보면 네 생각 해. 항상 행복해야 해. 나도 항상 너의 행복을 위해 기도할게."

결혼은 했는지, 지금 생활은 어떤지 궁금한 게 많았지만 차마 묻지는 못했습니다. 그래도 그녀가 행복하게 잘 지내고 있다는 사실을 알게 되어 미안함을 조금이나마 씻을 수 있었습니다.

결혼 적령기가 훌쩍 다가온 지금, 아직도 혼자인 나를 돌아보면 남자들은 첫사랑을 잘 못 잊는다는 말을 실감합니다. 너무나도 여리고 착하고 순수했던 그녀를 마음에서 지우지 못할 것 같습니다.

사랑은 꼭 결혼으로 맺어져야 하는 것일까? 사랑하는 사람들에게 결혼은 해피엔드가 맞지만 결혼 때문에 서로 사랑의 진을 빼야 할 경우 두 사람은 이별을 선택하기도 한다. 하루 통째로 널 데리고 있고 싶다며 조르던 연인도 결혼이라는 관문 앞에서는 하얀 손수건을 던지며 포기할 수밖에 없는 경우가 분, 명, 히, 있다.

독일 작가 루 살로메와 릴케도 그런 연인이다. 1897년 5월, 20대 초반의 시인 릴케는 루 살로메를 보는 순간 첫눈에 반했다. 릴케는 그녀에게 이런 시를 보냈다.

내 눈에 빛이 꺼져도 나 그대를 볼 수 있으리.
귀를 막아도 그대의 말을 들을 수 있네.
다리가 없어도 그대에게 갈 수 있고
입이 없어도 그대를 부를 수 있네.
팔을 부러뜨려도 그대를 안을 수 있고
심장이 닫혀도 그대를 느낄 수 있으리.

두 사람은 바로 사랑에 빠졌다. 그들은 밀월여행을 같이 하면서 사랑이 더욱 깊어갔지만 루 살로메는 2년을 만난 후 어느 날 갑작스럽게 릴케에게 이별을 고했다. 서로에게 탐닉해 현실적인 것은 하나도 하지 못하는 생활을 계속 할 수는 없다는 게 이유였다. 두 사람은 달려가고 싶은 유혹을 이겨내고 결국 사랑을 우정으로 승화시켰다.

사랑해도 결혼을 포기하게 될 때가 있다. 남자들은 자신이 아직 자립이 안 됐을 때, 기다려달라고 하기에도 앞이 안 보일 때, 인생 자체가 안개에 싸여 있을 때 여자를 포기하게 된다고 한다. 안정이 되어 있어야 사랑을 할 수 있다고 여기는 것일까? 그녀를 사랑하지만 결혼하기까지 건너야 할 수많은 장애물이 너무 높다고 생각되면 남자는 돌아서기도 한다. 장애물을 넘으려고 달려가다가 중간에 멈추느니 처음부터 포기하는 것이 자존심을 지키는 것이라 생각하는 것일까? 덜 사랑해서가 아니라 자존심 때문에 미리 놓아주는 사랑도 있다. 고난의 사랑에서 벗어나 행복의 정원에 그녀가 도착하도록 놓아주는 것이다. 멀리서나마 진정으로 행복을 빌며 자유 속에서 영원한 사랑을 할 수 있기를 바라는지도 모른다.

결혼을 싫어하는 남자

몇 년 전 가을 내게 호르몬의 습격이 찾아왔습니다. 예전에는 일중 독이 심해서 연애에는 관심도 없었는데 갑자기 그 사람을 만난 이후로 세상 수많은 사람들 중에 그 사람밖에 보이지 않을 정도로 깊이 빠져들었습니다. 그는 유머감각이나 카리스마, 잘생긴 얼굴도 갖고 있지 않은 그저 평범한 남자였습니다.

독일 출장길에 만난 그는 며칠 동안 일을 같이 하면서 가끔씩 나를 향해 오랫동안 눈길을 주곤 했습니다. 나도 그 시선에 감전된 듯 일하면서 손이 좀 떨리긴 했지만 그래도 그냥 지나가는 감정이려니 생각했습니다. 함께 일한 지 일주일째 되던 날 저녁 우리는 호프집에 앉아 있게 되었습니다. 명함을 보면서 농담 섞인 말투로 내가 말했습니다.

"젊은 나이에 직급이 참 높으시네요. 인생이 좀 거만해질 수도 있겠는데요?"

이 말에 금방 얼굴이 빨개지는 그를 보며 나는 깔깔 웃었습니다.

"혈액형이 극심한 소심형 맞죠?"

"아, 놀리지 마세요. 전 O형입니다. 아영 씨는 혈액형이 무슨 형이에요?"

"음, 저는 이상형요!"

"하하하! 참 재미있는 분이시네요."

그날 우리는 웃다 말고 서로에게 기습 키스를 해버렸고 그렇게 사귀게 되었습니다.

독일 출장 2주 동안 그와 아주 많이 친해졌습니다. 그런데 내가 먼저 귀국해야 했습니다. 그는 출장이 한 달 더 남아 있었거든요. 프랑크푸르트 공항에서 헤어지는데 참 슬펐습니다. 영영 헤어지는 사람들처럼 둘이 꼭 껴안고 있다가 좀처럼 떨어지지 않는 발걸음으로 겨우 비행기에 올랐습니다. 비행기 안에서도 그를 생각하면서 혼자 빙긋이 웃기도 하고 갑자기 등줄기에 전율이 느껴지기도 했습니다.

서울로 돌아온 뒤에는 그와 매일 통화했습니다. 그즈음 회사 근처에 오피스텔을 구해서 부모님 집에서 나왔습니다. 출장 가기 전부터 독립을 꿈꾸고 있었거든요. 이사한 날 밤 그에게서 전화가 왔습니다.

"이사하느라 많이 피곤하겠네."

"내 보금자리가 생겨서 정말 기분 좋아요."

"내가 도와줘야 했는데 미안해. 너무 보고 싶다."

'보고 싶다'는 말에 나는 금방이라도 무너질 듯이 눈물을 글썽였습니다. 2주의 시간이 지나고 그가 귀국했습니다. 그는 큰 가방을 든 채 공항에서 곧바로 내 오피스텔로 달려왔습니다.

"보고 싶어서 죽는 줄 알았어."

"나도 보고 싶어서 독일에서 객사하는 줄 알았어."

하지만 그날 우리의 만남은 두 시간밖에 갖지 못했습니다. 그가 다음날 출근을 해야 해서 자신의 집으로 돌아가야 했거든요. 그렇게 그가 그의 집으로 돌아가야 한다는 사실이 너무 싫어서 빨리 결혼을 해야겠다고 다짐했습니다.

우리는 서울에서 매일같이 만났습니다. 아침에는 그의 차로 한강 공원에 가서 같이 조깅을 하고 다시 각자의 집으로 가 출근 준비를 했고, 밀린 일을 하느라 야근하는 날에는 늦은 시간에 만나기도 했습니다. 어느 날 그를 안으며 말했습니다.

"우리 빨리 결혼하자. 결혼하면 이렇게 헤어지지 않아도 되잖아. 아침에 같이 깨서 운동 가고, 밤에도 집에서 만나서 같이 잠들고."

이렇게 말하며 나는 생각했습니다.

'분명 나와 같은 생각일 거야. 다음 달에 바로 결혼하자고 하겠지?'

눈동자를 반짝이며 그의 대답을 기다렸습니다. 그런데 그의 입에서 이상한 말이 흘러나왔습니다.

"나 결혼은 하지 않을 거야. 결혼 같은 건 안 한다고."

"그게 무슨 소리야? 농담이지?"

"결혼해서 애 낳고 그런 거 안 하고 싶어. 그냥 연애만 하고 싶어."

"정말이야? 그래도 내가 꼭 결혼하자고 한다면? 결혼하고 싶다면?"

"그럼 나랑은 못 만나는 거지."

그 말에 나는 놀라서 팔을 풀고 그의 얼굴을 쳐다보았습니다. 그가 다시 단호하게 말했습니다.

"난 결혼은 안 한다. 결혼이 꼭 하고 싶다면 다른 사람이랑 해."

그렇게 말하고 그는 나가버렸습니다. 아, 이게 꿈이기를. 그는 왜 결혼을 안 하겠다는 걸까요? 뭔가 수상한 게 아닌지……. 그가 결혼할 조건이 안 되는 사람인지 밤새 고민하다 잠이 들었습니다.

다음날 한창 회사 일을 하고 있는데 우리 회사로 어떤 여자가 쳐들어왔습니다.

"정아영이 누구야? 어디 있어? 이 여우 같은 것! 내 남편 꼬셔서 혼을 쏙 빼놓은 백여시!"

그러고는 나에게 달려들더니 내 머리채를 잡아당기고 사무기기들을 막 던졌습니다.

"남의 남편을 꼬셔서 한 가정을 풍비박산으로 만들다니! 이 세상을 아주 떠나게 해주겠어!"

나는 "몰랐어요. 결혼한 줄 몰랐다고요!"를 외치다가 잠에서 깼습니다. 소름끼치는 악몽이었습니다. 그가 결혼은 절대로 안 된다고 해서 혼자 별별 생각을 다 하다 잠들어서 그런지 불쾌한 꿈을 꾸고 만 것입니다.

아침에 회사로 가는데 기분이 정말 좋지 않았습니다. 그날 점심시간에 그의 회사 근처로 가서 그에게 악몽 얘기를 했더니 그가 쓸쓸하게 웃더군요. 그를 다시 설득해 보았습니다. 예쁜 아기 낳아서 알콩달콩 키우며 살자고요. 그는 고개를 저었습니다. 그냥 우리 이렇게 만나면 안 되겠느냐고. 분명히 말하지만 자신은 결혼하지 않겠다고. 그래도 나는 포기하지 않고 계속 그의 마음을 바꿔보려고 했습니다. 집에 돌아와서도 열심히 문자 메시지로 내 뜻을 전했습니다.

다음날 그에게서 퀵서비스로 물품이 배달되어 왔습니다. 배송된 물품에는 그가 결혼하지 않았다는 증명서류와 함께 그동안 내가 선물해 준 액세서리와 넥타이와 편지들이 들어 있었습니다. 메모 하나가 눈에 띄었습니다.

"너를 사랑했지만 아직은 너보다 내 자신을 더 사랑하는 것 같다. 나는 결혼하지 않고 살 것이고 너는 꼭 결혼해야겠다고 생각하는 여자니까 서로의 행복이 일치하는 지점이 존재하지 않는 것 같다. 여기서 헤어지자."

그러고는 그때부터 내 연락을 받지 않았습니다. 나를 사랑한다면서 왜 결혼은 하지 않겠다는 것인지 모르겠습니다. 그가 즐기는 모든 취미들도 존중해 줄 수 있는데 말입니다. 그 길로 우리는 영영 이별하게 되었습니다.

이런 상황이 믿을 수 없어서 며칠 잠을 이루지 못하고 울다가 정신을 잃기까지 했습니다. 연로하신 아버지가 막내딸인 나를 업고 응급실로 달려가시기도 했고요. 걱정하시는 부모님을 생각하면 힘을 내야 했는데 그놈의 그리움, 그가 자꾸 생각난다는 게 문제였습니다. 그 사람도 "미안하다. 잘 살길 바란다"라고 문자를 보내 온 후 단 한 번도 연락이 없었습니다. 어디선가 그가 나 아닌 다른 여자와 결혼을 했다는 소식이 들려오면 비참해서 견딜 수가 없을 것 같았습니다.

결혼해서 잘 사는 모습을 그에게 보여주고 싶어서 부모님이 소개해주신 남자와 지금 행복하게 살고 있습니다. 결혼이란 참 좋은 것입니다. 외로움은 여전하지만 그래도 늘 곁에 있어주는 남자가 있고 인생에 소중하고 든든한 울타리가 되어주니까요. 이 울타리에 성의를 다해 보답해야겠다는 생각이 듭니다. 그런데 아주 가끔은 그 사람과 나눈 시간들이 떠오르며 괴롭기도 하네요.

결혼에 대한 생각의 차이로 관계 자체가 공사 중인 커플
이 의외로 많다. 이대로 관계를 허물지, 아니면 완공해야
할지 고민하는 것이다. 사귀는 건 좋은데 결혼 애기만 나
오면 펄쩍 뛰는 남자들이 있다. 지금 만나는 여자에 대해
결혼 상대가 아니라 연애 상대로 만족하고 싶은 사람도
있지만, 결혼 자체를 거부하거나 유보하는 사람의 경우는
지금의 자유가 끝나버릴 것 같은 불안감이 그 원인으로
보인다.

1944년 아카데미 여우주연상을 수상한 불멸의 여배우 잉
그리드 버그만이 불꽃같이 사랑한 남자는 사진작가 로버
트 카파였다. 버그만은 카파에 대해 이렇게 말했다.

"태어날 때부터 파리지엥인 사람들이 있는데 바로 카파
가 그렇다. 그에게는 파리가 어울린다. 그는 잘 놀고 잘생
겼으며 나른한 분위기를 풍기고 또 멋있다. 카파는 바스
티유 근처나 16세기 프랑스 외곽의 대저택에서 태어난 것
같은 인상을 준다."

로맨틱한 파리의 밤을 함께 적시며 영화처럼 만난 두 사람
은 불꽃처럼 뜨겁게 사랑했다. 버그만은 카파에게 푹 빠져

"당신의 아이를 낳아 당신의 아내로 살고 싶어요"라고 청혼했다. 하지만 카파는 "나는 결혼할 부류가 아니오. 어딘가에 매여 살기 싫소. 지금보다 더 행복하길 원한다면 다른 사람을 찾아보는 게 좋을 거요"라고 답했다.

안정적인 생활을 끔찍해하던 카파는 결국 카메라와 함께 전장을 누비다가 베트남에서 전쟁 취재 도중 지뢰를 밟고 마흔한 살에 세상을 떠나고 말았다. 버그만은 카파의 비보를 듣고 눈물을 흘리며 "카파는 사랑하거나 미워할 수는 있어도 결코 무관심할 수는 없는 남자였다"라고 추모했다. 자유로운 영혼을 지닌 사람들은 상대방의 청혼에 대해 "Thank you, but no thank you"를 외친다. 그들은 사랑보다 자유를 더 상위 가치로 두는 부류다. 당신이 사랑하는 사람은 부디 자유보다 사랑을 더 소중히 생각하는 사람이기를.

잘 지내길 바란다

꽤 오래전 일입니다. 고등학교 2학년이었던 나는 경기도의 한 시골에서 버스를 타고 서울로 통학했습니다. 그날도 잽싸게 '회수권'을 내고 버스 맨 뒷좌석으로 갔습니다. 뒷좌석에는 한 여학생이 끝에 앉아 졸고 있었습니다. 괜히 신경이 쓰여 힐끔힐끔 보았습니다. 여학생은 아예 잠에 푹 빠져 있었습니다. 저러다 정류장을 놓쳐서 학교에 못 가는 건 아닌지 걱정이 되었습니다. 깨울까 말까 한참 망설이다가 용기를 냈습니다.

"저기, 저기요!"

몇 번을 불러서야 겨우 여학생이 깼습니다.

"우씨, 왜요? 나 알아요? 자는 사람 왜 깨워? 귀찮게."

말투가 너무 거칠어서 순간 나는 움찔했습니다.

"아니, 그, 그게 아니고요. 학교 지각할까 봐 깨운 건데……."

내 말이 끝나기도 전에 여학생은 소리쳤습니다.

"아, 정말! 신경 끄셔!"

무안해진 나는 창밖만 쳐다봤습니다. 그리고 생각했습니다.

'창피한데 다음 정류장에 내려서 다른 버스 탈까? 아니야 그러면 지각할지도 몰라.'

창밖을 향해 고개를 꺾고는 내릴 때까지 고개를 돌리지 말아야 생각하고 붉어진 얼굴을 식히고 있었습니다. 그런데 잠시 후 여학생이 물었습니다.

"너 어느 학교 다니냐? 나보다 어린 것 같은데?"

껌만 안 씹었고 있었지 금방이라도 입에서 침을 뱉으면 유리조각이 나올 것 같은 표정에 최대한 공손하게 대답했습니다.

"S고등학교 2학년인데요."

"인문계냐?"

"네, 인문계요."

"야, 오늘 학교 재낄래?"

"네?"

어떻게 대답을 해야 할지 막막했습니다. 모르는 여자애가 말까지 놓으며 거칠게 나오니까 무섭기도 했습니다. 고민을 하고 있는데 여학생의 눈이 좀 슬퍼 보였습니다. 뭔가 형용하지 못할 슬픔 같은 게 있는 듯했습니다. 나는 나도 모르게 대답을 하고 말았습니다.

"그래요. 그렇게 할게요."

여학생은 하하 웃으면서 말했습니다.

"말 놔라. 너랑 동갑이다, 동갑! 짜식, 쫄기는."

그러면서 그 아이가 활짝 웃었는데 웃는 모습이 아주 나쁜 아이일 것 같진 않았습니다.

어떻게 하다 보니 종점인 상봉터미널에 내리게 되었습니다. 우리는 분식집으로 자리를 옮겼습니다. 그 애는 배가 많이 고팠는지 배를 감싸 쥐고 자리에 앉으며 외쳤습니다.

"라면에 계란 두 개 넣어주세요! 양 많이요!"

확 트인 목소리로 소리치는 그 아이의 대범함이 부러웠습니다. 라면을 먹고 공원에 앉아서 둘이 이런저런 얘기를 나누었습니다.

"난 정아라고 해. 넌?"

"응, 난 준. 김준."

"내 꿈은 미용사가 되는 거야. 넌 꿈이 뭐니?"

"글쎄, 아직 장래희망에 대해 생각해 본 적 없어."

"넌 남자가 물에 물 탄 듯, 술에 술 탄 듯하구나."

"그냥 뭐……. 넌 미용에 관심이 많아서 머리도 예쁘게 하고 다니는구나."

"뭐가 예쁘냐? 학주 단속 피하면서 다니는데."

공원에서 그렇게 시간 가는 줄 모르고 얘기하나 보니 어느덧 해질 녘이 되었습니다. 해가 뉘엿뉘엿 지는 걸 보니 갑자기 슬퍼졌습니다. 정아도 같은 마음인지 잠시 초점 잃은 눈으로 상념에 잠겼습니다.

"이제 집에 들어가야지."

"늦게 들어가면 혼나냐?"

"아니 꼭 그런 건 아니고, 오늘 학교 안 갔으니까 학교에서 연락 와서 지금 엄마가 난리 났을 것 같고, 또 친구한테 전화해서 숙제도 물어 봐야 하고."

"어이구, 범생아! 난 시끄러운 집에 들어가기 싫다. 독립하고 싶은데 돈은 없고."

"미용학원에 다니면서 열심히 기술 배우는 건 어때?"

"그걸 몰라서 이러냐! 돈이 없으니까 그렇지."

"그래도 어떻게든 구해서 다녀야지."

"이 바보 천치. 돈이 정말 한 푼도 없다고!"

그렇게 툭툭 던지는 정아의 말투가 이상하게 싫지 않았습니다. 어쩔수 없이 그날 헤어지면서 "잘 가, 친구!" 하고 내 등을 치는 그 애가 왠지 좋았고 내 마음속에 쏙 들어와 앉은 느낌이었습니다.

다음날부터 매일 나는 정아가 타고 있는 걸 확인한 다음에야 버스를 탔습니다. 우리의 버스 데이트가 이어졌습니다. 어떤 날에는 둘 다 버스에서 내리지 않고 종점까지 돌도록 수다를 떨었습니다. 우리는 급격히 친해졌습니다.

우리 집도 경제적으로 힘든 편이라 대학 진학을 포기하고 취업반으로 옮겨서 실습을 나가게 되었습니다. 나는 첫 월급으로 삐삐를 샀습니다. 며칠 후 함께 놀러 간 놀이공원에서 우리는 처음으로 손을 잡았습니다. 세상에 부러울 게 없었습니다. 정아는 터프한 아이였지만 솜털처럼 부드러운 마음이 언뜻언뜻 보였습니다. 그날 집으로 오는 길에 삐삐를 하나 더 사서 정아에게 선물했습니다. 정아는 많이 좋아했습니다. 웃고 있는 그 애를 보면서 말했습니다.

"나 있잖아. 봄 되면 입대해."

"정말? 정말이야?"

"어차피 대학도 안 가는데 그냥 빨리 갔다 오려고."

정아는 많이 아쉬워했습니다. 나는 또 하고 싶은 말이 있었습니다. 내가 입을 오물거리는 걸 보고 정아가 물었습니다.

"무슨 할 말인데 그렇게 뜸을 들여?"

"그러니까, 우리, 겨울 바다 보러 안 갈래?"

"넌 가끔 답답할 때가 있어. 그냥 얘기하면 되지. 가자! 가는 게 뭐 어렵냐?"

그렇게 우리는 속초행 고속버스에 올랐습니다. 가는 도중에 내 어깨에 기대어 잠든 정아는 참 사랑스러웠습니다. 속초에 도착한 우리는 서로 부둥켜안고 사진을 수십 장 찍었습니다. 늦은 밤까지 연인처럼 서로 꼭 붙어서 해변을 거닐었습니다.

"네 덕분에 바다도 보고, 좋다!"

정아가 갑자기 내 볼에 뽀뽀를 했습니다. 모든 것이 사르르 녹아내리는 듯 행복했습니다.

그 추억들을 가슴에 묻은 채 얼마 후 나는 해병대에 입대했습니다. 말로만 듣던 귀신 잡는 해병대 생활은 정말이지 많이 힘들었습니다. 하지만 백일 휴가를 얻게 되었고 정아를 만난다는 기쁨을 안고 집으로 곧장 달려갔습니다.

삐삐를 보내고 설레는 마음으로 기다렸습니다. 하지만 답이 오지 않았습니다. 3박 4일의 휴가가 다 지나갈 동안 결국 정아를 만날 수가 없었습니다. 괴로운 마음으로 부대에 복귀한 후에도 수없이 편지를 보냈지만 답장은 끝내 오지 않았습니다. 그렇게 이유 모를 이별의 고통을 느껴야 했습니다. 제대 후에도 기다리고, 서른이 되어서도 기다리고, 마흔이 다 되어서도 계속 기다리고 있지만 정아는 연락이 없습니다. 정아의 학교를 찾아가 수소문해 봤지만 학교에서도 모른다고 합니다. 정아는 구름처럼 바람처럼 사라지고 말았습니다.

잘 지내니? 난 너의 기억을 고스란히 다 갖고 있어. 보고 싶고 궁금해. 살아 있는 동안 한 번이라도 널 만날 수 있으면 좋겠다. 하지만 내 앞에 안 나타나도 좋아. 잘 살고 있으면 그걸로 돼. 그때 너를 힘들게 하던 것들이 다 사라지고 행복해졌기를 바란다.

남자는 가슴속에 여러 개의 방을 두고 사는 것 같다. 아니 어떤 남자는 가슴속에 아파트를 짓고 산다. 아파트 호수만큼이나 많은 여자들이 가슴속에 주재하는지도 모른다. 물론 가장 많이 드나드는 방은 그중에서도 단연코 존재한다. 방이라고 다 같은 의미는 아니다. 가장 쉽게 열어보는 방은 지금 만나고 있는 여자다. 한 번 열어보고 그 후에는 열어보지 않아서 폐쇄된 방도 있다. 열쇠를 잃어버린 것이다. 어쩌다 떠오르긴 하는데 이름마저도 생각이 안 나는 여자다.

오래됐어도 가장 깊숙한 방은 첫사랑의 방이다. 남자는 첫사랑을 잘 잊지 못하는 것 같다. 가슴속에 차곡차곡 저며두고 종종 그 인화된 추억을 혼자 열어본다.

한 남자는 대학 2학년 때 제주도에 여행 갔다가 샛노란 머리띠를 한 여중생을 보고 첫눈에 반했다. 그는 세월이 흐르기를 기다렸다. 편시노 쓰고 선물도 보내고 생일도 챙겨주면서 말이다. 그리고 그렇게 바라보던 그녀와 결국 결혼에 성공했다. 결론은? 행복하게 잘 살았다? 그의 사랑은 'The End'가 됐을까, 'The And'가 됐을까? 남자가 하는 말이 걸작이다.

"첫사랑과는 결혼하는 게 아니에요. 추억을 현실이 다 뭉개 버리잖아요. 그래도 이루지 못한 고통보다야 낫겠죠. 뭐, 만족합니다. 내 첫사랑은 사라졌지만 지금 내 여편네는 남아 있으니까요."

사랑은 이루어져도 새드엔드이고 이루어지지 못해도 새드엔드라고 주장하는 작가도 있다. 이루어지면 사랑이 부부간의 가족 같은 정으로 승화되니까 둘 사이의 애절하고 짜릿했던 예전의 감정은 사라져버려 슬플 것이고, 반대로 이루어지지 못한다면 더는 만날 수 없으니 그게 또 슬프다는 주장이다. 과연 어느 쪽이 맞는 것일까? 사랑하는 사람과는 결혼은 하지 않고 가슴속 방에 살게 하는 게 나을까, 아니면 그 사람의 발가락이라도 잡고 자고 살을 부비면서 TV를 보면서 일상을 같이하는 것이 더 나을까? 나는 후자에 한 표를 던진다. 물론 해답은 각자의 몫이다.

기막힌 악연

아는 선배의 연락을 받고 명동에 있는 바에 갔습니다. 선배는 친구와 함께 나와 있었습니다. 그 친구가 나에게 손을 내밀었습니다.

"반갑습니다. 정인이 친구 김현민이라고 합니다."

그를 처음 보는 순간 나도 모르게 심장이 두근대기 시작했습니다. 그 사람은 명문대 출신에다 번듯한 직장을 다니고 있었습니다. 와인 한 잔을 하며 그날 이런저런 대화를 나누는데 마음에 산뜻한 바람이 하나 불어왔습니다. 다음날 정인 선배에게서 전화가 왔습니다.

"선영아, 어제 내 친구 어땠어?"

"네? 아, 좋은 분 같았어요."

"그 친구가 널 또 만나고 싶다고 자리 마련해 달라고 하더라. 둘이 만나볼래?"

"네, 한번 만나볼게요."

3일 후 그와 다시 만나게 되었습니다. 그는 사람을 참 편하게 해주는 사람이었습니다. 다섯 번의 만남 끝에 우리는 연인이 되었습니다. 거의 매일 만나서 영화도 보고 그렇게 7개월 동안 연애하면서 입을 못 다물 정도로 서로 좋아했습니다. 어느 날 밤 헤어지기 싫어서 손을 꼭 잡고 있는데 그가 말했습니다.

"우리 결혼하자. 너랑 빨리 결혼하고 싶다."

"정말? 나도. 그러면 밤에 헤어지지 않아도 되잖아."

그토록 듣고 싶었던 말. 그가 내게 결혼을 하자고 했습니다. 너무 기쁜 나머지 내 의지와 다르게 눈에서 눈물이 흘렀습니다.

"바보야, 왜 울어?"

"그냥 나도 모르게 눈물이 나오네."

"양가 부모님께 말씀드리고 상견례도 빨리 하자."

나는 그에게 우리 집 사정을 털어놔야겠다고 생각했습니다.

"근데 할 얘기가 있어. 우리 부모님은 15년 전에 이혼하셨어."

"그래? 나도 아버지는 새아버지셔. 친아버지가 교통사고로 돌아가시고 어머니 혼자 계시다가 재혼하셨어."

그의 집안에도 비슷한 사정이 있더군요.

"오빠, 나 오늘 정말 행복해. 사랑해."

그날은 세상에 태어나서 가장 행복한 날이었습니다. 다음날 엄마에게 결혼 얘기를 꺼냈습니다.

"엄마, 오빠가 나한테 결혼하자고 했어. 부모님들께 말씀드리고 상견례 날짜 잡자고 했어."

"어이쿠, 우리 딸! 드디어 시집가네. 축하한다!"

엄마는 좋아하며 울었습니다.

"너는 엄마 팔자 안 닮고 현민이같이 좋은 남자 만나서 얼마나 다행인지……."

엄마가 우는 이유는 따로 있었습니다. 아버지. 나에게는 아픈 상처인 아버지. 아버지는 엄마에게 모질었고 다른 여자에게는 젠틀맨이었던 철저히 이중적인 사람이었습니다. 15년 전 바람이 나서 아주 비정하고 잔인하게 우리를 버렸지요. 죽어도 두 번 다시는 보지 않을 거라 다짐하고 인연을 끊은 지 15년이 흘렀습니다. 그런 아버지라는 존재를 사랑하는 그에게 사실 그대로 말하고 싶었지만 그럴 수는 없었습니다.

상견례하기로 한 날이 되었습니다. 얼마나 떨리던지 한숨도 못 자고 엄마를 모시고 호텔의 상견례 장소로 갔습니다. 입구에 들어서는데 그에게서 전화가 왔습니다.

"어디야?"

"지금 다 왔어. 오빠는 도착했어?"

"부모님하고 도착해서 커피숍에 있어. 5번 테이블이야."

"알았어, 오빠. 금방 갈게."

"그래. 들어와서 자리에 가 있어. 난 금방 화장실에 다녀올게."

통화를 마치고 커피숍에 들어가 5번 테이블을 찾아가는데 멀리서 낯익은 얼굴이 보였습니다.

"엄마, 저 사람 아버지 아니야?"

"세상에! 여긴 웬일이지?"

"그냥 모른 척해. 우리는 우리 볼일만 보고 가면 돼."

애써 그쪽을 외면하며 가려는데 멀리서 아버지가 앉은 테이블 숫자가 5번인 것이 보였습니다. 순간 온 세상이 까맣게 변했습니다.

하늘이 이렇게 무심할 수 있나요? 이 넓은 땅에서 왜, 왜 하필 그의 부모님이 내 아버지와 그 여자였을까요? 나는 아무 말도 하지 못한 채 엄마의 부축을 받고 택시에 몸을 실은 채 집으로 돌아왔습니다. 그는 영문도 모른 채 집 전화와 휴대폰으로 계속 내게 전화를 했습니다. 그리고 통화가 안 되자 결국 집 앞으로 달려왔습니다.

"도대체 무슨 일이야? 나 없을 때 우리 부모님과 무슨 일 있었어? 대체 무슨 일이 있었는지 말 좀 해봐."

"미안해. 내 얘기 잘 들어줬으면 좋겠어. 우리 아버지는 15년 전에 다른 여자와 재혼하려고 잔인하게 우리를 떠나버렸어. 그동안 연락 없이 남남으로 살았고. 근데 상견례 장소, 그 테이블에 아버지와 그 여자가 있더라고."

"뭐?"

"오빠 부모님이 바로 내 아버지와 그 여자야."

"설마……. 그럴 리가 없어. 우리 어머니는 그런 분이 아니셔."

"우리는 결혼할 수 없을 것 같아. 여기서 그만 정리하자."

"미안해. 내가 무슨 말을 해야 할지 모르겠다. 일단 오늘은 여기서 헤어지자."

그가 비틀비틀 겨우 걸어가는 것이 보였습니다.

우리는 헤어졌고 1주, 2주, 시간이 흐르면서 너무 힘들고 고통스러운 나날이 계속되었습니다. 어느 날 퇴근하고 오는데 그가 집 앞에서 기다리고 있었습니다.

"많이 아팠구나. 얼굴이 많이 상했네. 우리 어머니 일은 내가 정말 사죄할게. 이렇게 용서를 빈다. 나는 너 아니면 안 돼. 다 정리하고 나왔어. 부모님과는 인연 끊기로 했다. 앞으로는 너와 네 어머니는 내가 잘 모실게."

그러나 그럴 수는 없었습니다. 무릎을 꿇고 눈물을 흘리는 그를 뒤로한 채 집으로 들어와버렸고 그 후 직장을 옮기고 집도 이사하고 전화번호도 바꾸었습니다.

2년의 시간이 더 흘렀습니다. 얼마 전에 그를 소개해 준 선배를 우연히 만나 그의 소식을 듣게 되었습니다. 그는 직장도 그만두고 집과도 연락을 끊은 채 매일 술로 지내고 있다고 합니다. 그가 잘 살고 있다면 이렇게 마음 아프지는 않을 텐데 너무 걱정이 되어 자꾸 마음이 흔들립니다. 그에게 내가 사랑이고 아픔인 것처럼 나에게도 그가 사랑이고 아픔입니다.

사랑하는 사람으로부터 가장 듣고 싶은 말은 "사랑해", 그
보다 더 듣고 싶은 말은 "결혼하자"가 아닐까. 그런 황홀
한 고백을 들으면 세상은 모두 내 것 같다. 뜬구름 위에 앉
아 있는 듯하다. 그러나 사랑은 드라마이고 현실은 드라마
보다 더 드라마틱하다. 현실에서도 끊임없이 로미오들이
절규하고 줄리엣들이 운다. 사랑하는 사람의 사진을 저장
해 두고 보고 또 보면서 "나 완벽하게 행복해요"라고 외치
다가도 어느 순간 뜬구름에서 내려와 이젠 사랑 따위 안
하겠다고 치를 떨기도 한다. 이 과정에서 알게 되는 사실
은 결국 세상에서 가장 큰 사랑은 자기 자신에 대한 사랑
이라는 것이다. 뉴욕 여성들의 일상과 사랑을 담은 드라마
〈섹스 앤 더 시티〉에서 사만다가 말했다.
"당신을 사랑해. 하지만 나를 더 사랑해."
이 대사가 인간의 본성을 드러내는지도 모르겠다. 타인도
사랑하지만 자기 자신을 더 사랑한다. 사랑하는 사람이 세
상을 떠나도 밥을 먹게 되는 것이 인간이다. 내가 모진 게
아니라 목숨이 모진 것이다.
사랑의 또 다른 원칙은 자기 자신을 사랑하는 사람은 또

누군가를 사랑하고 있다는 것이다. 자신을 사랑하는 사람일수록 인기의 원석을 가지고 있기에 사랑은 다시 온다.

사랑은 눈이 내리는 것과 비슷하다. 내릴 땐 아름답지만 녹을 땐 질척거리고 추하다. 사랑으로 인한 슬픔은 다음 사랑으로 치유된다. 그래서 사랑은 언제나 싱싱하다.

빈티지 와인처럼 시간과 함께 연륜이 생기면 상처 가득한 사랑도 추억으로 회상하게 될 것이라 믿는다. 눈을 치우면 또 눈이 내리듯이, 치워도 치워도 눈은 또 내리듯이 그렇게 사랑은 온다. 우리는 눈을 치울 때 힘들어하다가도 다음 눈이 내릴 땐 환호성을 지른다. "함박눈은 무죄"라고 고은 시인이 말했다. 사랑도 무죄다.

행복한 결혼의 조건이란

10년 전 변두리 주택가에 있는 치킨집을 싸게 인수받아 영업을 하게 되었습니다. 이전 주인이 운영할 때 워낙 매출이 신통치 않았다고 동네에 소문이 나 있었지만 비장한 각오를 다지며 반드시 성공하겠다고 결심했습니다. 가게에 딸린 방에서 먹고 자며 24시간 영업을 했습니다. 매일 한 시간씩 전단지 홍보도 했고요. 매출이 두 배 오르긴 했어도 썩 만족할 만한 벌이는 못 되었습니다.

앞만 보고 일만 하다 보니 나이가 서른이 넘어버렸습니다. 자연스럽게 결혼하고 싶다는 생각이 간절해졌습니다. 친구들에게 여자 좀 소개해 달라고 성화했더니 친한 친구가 "아주 착하고 순진한 여자"라며 소개팅 자리를 마련해 주었습니다.

그 여자, 인상이 참 좋았습니다. 얼굴이 뽀얗고 귀여웠습니다. 다행히 그녀도 내가 마음에 들었는지 밥을 먹고 함께 맥주를 마시러 갔습니다. 호프집에서 쉴 새 없이 이야기를 나누는데 내가 얘기만 하면 깔깔 웃는 그녀가 정말 예뻤습니다. 그날 헤어지기가 싫었습니다. 노래방으로 옮겨서 자정까지 더 놀았고 그녀를 집까지 데려다 주면서 좀 성급했지만 긴 입맞춤을 했습니다.

그날 이후 우리 사이가 더 가까워지면서 그녀는 하고 있던 아르바이트를 마치고 나의 초라한 가게로 와서 성심껏 도와주곤 했습니다.

'이 여자라면 평생을 함께할 수 있겠다!'

이런 생각에 하루하루 마음이 벅차올랐습니다. 그녀는 가게에 딸린 방에서 먹고 자며 지내기 시작했습니다. 함께한 지 한 달이 되었을 때 우리는 결혼을 약속했지요.

"내 아내가 되어줘. 늘 너를 기쁘게 해줄게. 아이도 둘 낳아서 예쁘게 키우자."

"응. 오빠, 사랑해."

우리는 꼭 껴안고 세상에 존재하는 모든 사랑 표현을 하며 결혼 계획을 짰습니다. 얼마 후 양가 상견례도 했습니다. 결혼 준비를 한창 하고 있는데 식을 한 달 앞두고 예비 장모님이 가게로 오셨습니다.

"치킨집 한다더니 겨우 이거야?"

"장모님, 누추합니다. 하지만 저희 꼭 행복하게 살겠습니다."

"이렇게 작은 데서 어떻게 치킨을 튀겨내나? 아주 조그만 상자 속 같구먼. 한 달 수입은 얼마나 되지?"

"백만 원 좀 넘습니다."

"백만 원 좀 넘는다니, 얼마라는 얘긴가?"

"잘 팔릴 땐 좀 더 되고 장사 안 되는 달은 좀 덜하고 그렇습니다."

그러자 장모님이 얼굴에 경련까지 일면서 버럭 화를 내셨습니다.

"난 그렇게 불안한 자네에게 내 딸을 줄 수 없어."

"네? 부, 불안하다니요? 지금 무슨 말씀이신지……."

"고정 수입이 있어야지."

"그래도 장사는 꾸준히 됩니다."

"아니, 나 못 믿겠네."

상견례 때도 그러지 않던 분이 태도가 갑자기 바뀐 게 이해가 가지 않았습니다. 장모님은 차가운 표정으로 집으로 돌아가셨습니다. 그녀와 가게 일을 같이 하며 이미 부부가 된 것처럼 행복했는데 상황이 왜 이렇게 된 건지 의아했습니다. 장모님이 그렇게 가신 날과 그 이튿날에는 그녀가 가게로 오지 않아서 전화를 걸어보았습니다.

"괜찮지? 별일 없는 거지?"

"엄마가 오빠하고 결혼하면 내가 고생한다고 난리셔. 내가 좀 과장해서 말했거든. 안 그러면 반대하실 게 뻔해서. 그런데 이제 사정을 다 아시고는 안정된 직장을 가진 남자와 결혼하라고 저러시네. 집에서도 못 나가게 하고."

"이게 지금 말이 된다고 생각해? 상견례까지 다 마쳤는데 이제 와서……."

"우리 엄마 성격 장난 아니야. 조금만 기다려줘. 며칠 지나면 갈게."

충격은 쉽게 사라지지 않았습니다. 겨우 자리를 잡아가던 장사에 많은 아쉬움을 느꼈지만 현실을 인정하고 가게를 정리하기로 했습니다. 몇 달 후 작은 회사에 취직했습니다. 그런데도 장모님은 미더워하지 않았습니다. 여자들은 아무리 사랑하는 사람이더라도 부모가 반대하면 결국 이별을 택하는 경우가 많다고 알고 있었기에 혹시 그녀가 떠나가지 않을까 늘 불안했습니다. 그래도 그녀와 그 후로 1년을 더 장모님의 눈을 피해 만났습니다. 결국 어떻게 되었느냐고요? 우리는 헤어졌습니다. 그녀는 엄마의 말을 거역할 수 없었나 봅니다.

지금의 아내와 만나면서 결혼 얘기가 오가고 있었을 때였습니다. 그녀가 전화를 해서 울고불고하며 엄마 몰래 다시 만나자고 했습니다. 하지만 나는 이미 마음이 정리된 상태였습니다.

"몰래 만나는 건 원치 않아. 지금 다시 만난다면 10년 후에도 계속 몰래 만나고 있을 거야. 난 그렇게는 할 수 없어."

내 말에 그녀가 많이 울었습니다. 그녀는 나중에 안정된 직장을 가진 남자와 결혼했다가 바로 이혼했다고 합니다. 행복한 결혼의 조건은 무엇일까요? 그녀는 마치 한여름의 소나기처럼 잠시 왔다 간 추억이 되어버렸지만 아직도 그녀를 생각하면 가슴이 시립니다.

배고픔이 해결되어도 영혼의 목마름이 느껴진다면 애가 탈 것이고, 장미가 있어도 빵이 없다면 허망할 것이다. 그래서 결혼할 상대의 조건에 집착하는 것도 한편 이해는 간다. 행복한 결혼의 조건은 과연 무엇일까? 이 질문에 답하기 전에 나는 우리 스스로 꼭 점검해 봐야 할 마음의 태도에 대해 먼저 이야기해 보고 싶다.

그 사람이 20년 후에도 도란도란 나와 함께 대화하며 살고 있을지, 내 아이에게 어떤 부모가 되어줄지 한번 상상해 보자. 현재의 승승장구하는 모습이 아니라 그 사람이 무너지는 모습을 떠올려보자. 그래도 마음이 변하지 않는다면 행복한 결혼생활의 토대는 만들 수 있을 것이다.

남자는 지구, 여자는 달이다. 서로 한쪽 면만 보여주고 있기에 그저 보이는 면만 믿고 다른 면은 없다고 생각한다. 그러나 분명히 존재한다. 다른 면이 있기에 그 면을 볼 줄 알아야 한다. 현재만 볼 게 아니라 미래도 봐야 하고, 상대방의 저금통만 보지 말고 '정신통'도 봐야 한다. 어부는 바다를 알아야 하기에 파도의 마음이 되어봐야 하고, 농부는 땅을 알아야 하기에 흙의 마음이 되어봐야 하고, 부자가 되려면 돈의 마음이 되어봐야 할 것이다. 그리고 사랑의 주인공이 되려면 남자는 여자의 마음이, 여자는 남자의 마음이 되어봐야 한다.

문득 드라마 〈시크릿 가든〉이 생각난다. 이 드라마는 주원과 라임이 문분홍 여사의 반대를 무릅쓰고 혼인신고를 한 뒤 아이 셋을 낳고 알콩달콩 행복하게 사는 것으로 끝났는데, 과연 둘은 행복하게 살았을까? '설마' 하고 마구 회의를 품는 사람도 있겠지만 나는 그들이 틀림없이 잘 살았을 거라고 생각한다. 왜냐하면 서로에게 짜증이 날 때마다 영혼을 바꿔서 상대방의 입장이 되어볼 수 있을 테니까. 바로 이런 입체적이고 장기적인 안목을 지닌 '어른'이라면 괜히 눈앞의 경제적 가치로만 사랑을 모독하는 일은 없을 것이다.

강아지 사랑

우리 둘은 동물병원에서 손님과 손님 사이로 만났습니다. 예방 접종
을 맞히려고 간 동물병원에서 우리 강아지 코코랑 그의 강아지가 눈이
맞아서 서로 꼬리치며 좋아하는 거예요. 그 바람에 우리 둘은 자연스럽
게 자석이 당기듯 끌렸답니다. 같은 종의 강아지를 키운다는 공통점을
갖고 있기도 했습니다. 대화를 하면 화제도 끊이지 않아서 누가 먼저
사귀자고 할 것 없이 아주 가까워졌습니다.

데이트 장소는 우리 집 아니면 그의 집 혹은 어떤 곳이든 강아지를
같이 씻길 수 있고 편하게 놀 만한 곳이 되었습니다. 같은 취향을 가진
사람이었기에 소중하게 느껴지고 참 행복했습니다.

그날도 둘이서 강아지들을 데리고 공원에 바람을 쐬러 갔습니다. 가
까운 곳에서 예쁘고 긴 생머리의 어떤 여자도 푸들을 데리고 산책하고

있는 것이 보였습니다. 그런데 그때 남자친구의 강아지가 우리 강아지에게 배신 아닌 배신을 하더라고요. 그 여자의 푸들에게 그의 강아지가 자꾸 추근대는 거예요. 문득 예전에 남자친구가 한 말이 생각났습니다.

"내 강아지는 내 마음과 같아."

그의 강아지가 예전에 우리 코코를 따라왔듯이 이제 다른 여자의 강아지를 따르는 것 같은 상황이 되자 나는 울컥할 수밖에 없었습니다. 그는 미안해했습니다.

"미안. 우리 개가 코코보다 저 푸들이 더 좋은가 보네."

"그렇다고 오빠는 강아지가 끄는데 제압도 못 해? 가지 말라고 했어야지!"

"개가 말을 안 듣는 걸 어떻게 하냐?"

우리 둘은 티격태격했습니다. 그런데 며칠 후 똑같은 상황이 또 벌어진 겁니다. 공원에 그 긴 생머리 여자가 트레이닝복 차림을 하고 푸들을 산책시키려고 나타나자 남자친구는 자기 개가 이끄는 대로 또 질질 끌려가야 했답니다. 우리 코코는 그 모습을 보고 마치 늑대의 울음인 듯한 소리를 내며 울부짖었습니다.

코코가 한동안 밥도 안 먹고 슬퍼했습니다. 이상하게 내 마음도 울적해졌습니다. 내 마음이 아픈 것보다 코코가 괴로워하는 것이 더 견딜 수 없었습니다. 결국 그와 크게 다투었고 그는 내게 이별 통보를 해왔습니다.

"너처럼 이해해 주지 못하면 만나기 힘들어. 이제 동물병원에서 보게 되어도 서로 모른 척하자."

그렇게 우리는 헤어졌고, 코코는 마음의 병이 생겼는지 많이 앓았습니다. 그런 코코를 데리고 동물병원에 갔는데 하필 거기서 그를 만나고 말았습니다. 공원에서 보던 긴 생머리 여자와 시시덕거리며 서로 개껌이며 간식이며 옷을 골라주고 있더라고요. 정말 어이가 없었습니다.

지금은 우리 집과 좀 떨어진 동물병원에 다니고 있습니다. 코코가 마음의 상처를 받은 만큼 나도 마음의 상처를 받아 우리 둘이 껴안고 많이 울었습니다.

독일 시인 하이네가 쓴 「그대가 보내 주신 편지」에는 "나이제는 당신을 사랑하지 않겠습니다"라는 문장이 있다. 그 한 줄에 수많은 사연이 들어 있다. 뜨겁게 사랑하다가 어느 순간 돌아서게 되는 연인들. 사랑에 빠진다는 것은 결국은 헤어 나오게 된다는 의미도 될 것이다.

처음 만날 때는 세상에서 그 사람밖에 보이지 않는다. 서로 나누는 달콤한 말들. 주변 사람들에게 서로를 공개하며 사랑을 과시한다. 몇 년 후에는 서로의 짝이 되어 같은 우편함 속에서 너의 이름, 나의 이름이 적힌 우편물을 꺼내 들고 한 공간에 들어서는 상상! 옷장 속에는 너의 옷, 나의 옷이 함께 있는 상상! 너와 내가 있기에 일상이 따뜻하고 주말에도 외롭지 않고, 나의 짝과 두 배로 행복한 일상을 나누는 달콤한 상상의 설렘 또한 평생 갈 것이라 철석같이 믿는다.

그러나 서로 등을 돌리는 순간이 오면 완벽해 보이던 그 사람의 외모는 가증스럽게 변하고, 충만해 보이던 그 사람의 마음은 무개념으로 느껴진다. 심하면 뇌에 보톡스를 맞았나 싶게 무뇌아로 보이기도 하고, 내 심장을 떨리게 하던 미소가 혐오스럽게 느껴지기도 한다. 그러나 이별 후에 성숙해지는 보상이 찾아온다. 성숙이라는 두 글자. 나는 성숙이라는 말이 참 좋다.

성숙해진 뒤에는 여름 바다보다 가을 바다와 겨울 바다의 진가를 알게 된다. 바다는 버려진 뒤에 더욱 아름답기 때문이다. 바다의 본색은 그럴 때 드러나기 때문이다. 헤어진 다음 울고 회상하고 반성하고 미워하다가 겸허해지는 친구들을 보면서 헤어진 다음에 영혼이 가장 아름답지 않을까 하고 생각했다. 너무 작가적 관점일지도 모르겠다. 하지만 헤어진 연인들이여, 슬플 때 흘리는 눈물이 진정한 인생의 진주라고 하지 않는가. 당신은 눈물이 아니라 진주를 흘리고 있는 것이다. 그 진주는 목걸이가 될 때까지 아픔들을 겪을 때마다 성숙해지기에 아름답다.

Part 3

사랑을 하면 누구나
천국을 잠깐 훔쳐볼 수 있다

아직도 나를 좋아하는지

나는 마흔네 살의 가정방문 요양보호사입니다. 몇 년 전 간병하던 남편이 세상을 떠나고 아이들과 고향에 내려와 요양보호사가 되었습니다. 남편을 간병할 때도 많이 힘들었지만 할 수 있는 일이 마땅치 않아 시작한 일이었는데 오히려 공감할 수 있는 부분이 많아 나에게는 천직으로 느껴졌습니다.

그날 방문한 집의 할머니는 기초생활수급자로 형편이 많이 어려우셨고 거동을 잘 못 하셨습니다. 두 번째 방문 날이었는데 나를 아주 반갑게 맞아주셨지요.

"아이고, 우리 손녀딸 왔네. 어서 들어와요."

할머니는 나를 손녀딸이라고 부르셨습니다. 내 이름 '수연'이 자신의 손녀 이름과 똑같다고 하시면서요.

할머니를 돌보다 창밖을 보니 눈이 내리기 시작했습니다. 너무 많이 오진 않을까 걱정되어 밖을 내다보다가 창문 위에 걸린 사진에 눈길이 갔습니다. 어디서 많이 본 듯한 얼굴, 무척 낯익은 얼굴이었습니다.

"할머니, 저 사진은 누구 거예요?"

"어, 우리 아들."

"혹시 아는 사람인가 싶어서요. 아드님 이름이 뭐예요?"

"왜? 잘생겨서?"

"호호, 네. 잘생겨서요."

"이성철이라우. 올해 마흔 느인가 스인가."

'이성철, 이성철……. 아하, 그 성철이구나. 성철이 맞네.'

초등학교 동창이었고 같은 반을 두어 번인가 했던 아이. 그러나 단 한 번도 대화를 나눈 기억은 없는 아이. 그저 내 기억으로는 조용하고 얌전했던 아이. 이 할머니가 성철이의 어머니였다니, 새삼 세상이 참 좁다는 생각이 들었습니다. 할머니는 아들 이야기가 나오자 한숨을 푹 쉬시더니 입을 여셨습니다.

"우리 아들은 1년 넘게 병원에 있다우. 중환자실. 나도 이렇게 걷지를 못해 한 번도 가보질 못했지. 앞날이 창창한 사람이 그러고 누워 사람도 못 알아보고 있으니, 아이고 내가 먼저 가야 되는데……."

할머니뿐만 아니라 읍소재지인 이 마을은 방문하는 집마다 구구절절 사연이 깊습니다. 다들 사는 게 빠듯하고 온전한 집이 거의 없을 정도입니다. 성철이네도 그런 집 중 하나였습니다. 나처럼 이른 나이에 남편과 사별하고 두 아이와 함께 사는 경우는 오히려 평범한 축에 속했습니다. 할머니가 말을 이으셨습니다.

"성철이 위로 딸이 셋 있어. 뒤늦게 막둥이로 본 아들이 성철이야. 귀한 막둥이 아들인데……. 가난한 집에서 자랐어도 결혼해서 딸 하나 낳고 열심히 일하며 잘 사나 했는데 작년에 뺑소니 사고를 당했지 뭐야. 중환자실에 있다 보니 아이 엄마가 집을 나가버렸어. 둘이 원래 좋지 않았어. 애 엄마가 자기를 사랑하지 않는다고 성철이를 아주 달달 볶아댔지. 근데 이젠 소식도 몰라. 우리 수연이만 불쌍하게 됐어."

할머니 눈시울이 붉어졌습니다. 여든이 넘은 병든 노모에 세 누나들도 겨우 먹고사는 정도의 형편, 그리고 이제 여고생이 된 외로운 딸까지. 중환자실에 누워 있는 성철이는 지금 이 상황을 알고 있을까 싶으니 마음이 짠해졌습니다.

할머니 댁을 나와 차를 타고 다른 집으로 향하는데 눈발은 더욱 굵어지며 그칠 줄을 몰랐습니다. 이성철. 이상하게도 사진 속 그 친구 이름이 머릿속에서 떠나질 않았습니다.

'사진 속에서는 건강한 모습으로 웃고 있던 성철이. 지금쯤 눈이 내리는 줄도 모르고 중환자실에 누워 있겠지.'

그다음 할머니 댁을 방문했을 때 방학이 되어 집에 있던 성철이의 딸 수연이를 만나게 되었습니다. 아빠를 닮아 조용하고 얌전하게 생긴 아이였습니다.

"네가 수연이구나. 나도 수연이야. 아빠하고 초등학교 때 같은 반이었어."

"아, 정말요?"

"그래. 나도 신기해. 어떻게 우린 이름이 똑같을까?"

"어? 저와 같은 이름이라고요? 그럼 혹시 한수연 씨세요?"

"맞아. 근데 어떻게 알아?"

"와! 그분인가 보다. 아빠가 짝사랑한 사람."

"뭐? 그게 무슨 소리야?"

그렇게 여고생 수연으로부터 자기 아버지가 언젠가 해주었다는 이야기를 듣게 되었습니다.

"수연아, 네 이름을 누가 지었냐고 물었지? 아빠가 지었어. 엄마한테는 비밀인데 내 첫사랑 이름이 수연이야. 한수연. 이거 엄마가 알면 나 쫓겨나니까 비밀이다. 초등학교 때부터 10년간 수연이를 좋아했는데 말 한 번 걸어보지 못했어. 그러다 그 애가 결혼하면서 나도 포기한 거야. 하지만 우리 수연이가 이렇게 태어났으니 네 엄마랑 결혼한 게 잘한 거지, 그치?"

여고생 수연이는 그때 아빠의 얘기를 들으며 아빠가 얼마나 그 여자를 좋아했는지 알 수 있었다고 합니다. 얘기를 듣고 있자니 성철이의 눈망울이 떠오르면서 가슴이 저려왔습니다. 내 나이 마흔넷. 이제 와서 성철이의 마음을 알았습니다. 그리고 지금 나는 혼자 몸이고 성철이는 내일도 장담할 수 없는 중환자가 되어 있습니다.

이 겨울이 끝나고 꽃 피는 봄이 오면 성철이가 벌떡 일어나면 좋겠습니다. 겨울잠에서 깨어나듯 어서 일어나기를 간절히 바랍니다. 성철이가 일어난다면 물어보고 싶습니다. 아직도, 아직도 나를 좋아하는지.

라디오 작가 일을 하면서 청취자 사연을 이제까지 백만 통은 더 접한 것 같다. 사연을 읽으면서 나도 모르게 마음이 짠해지거나 눈물이 주르르 흐를 때가 있다. 표현은 거칠지만 그 어설픈 표현에 나도 모르게 감정 이입이 되어 웃고 울고, 그러다 사연의 주인공이 잘되길 기도하게 된다.

문득 내가 좋아하는 영화 베스트 10에 들어가는 이와이 슌지 감독의 〈러브 레터〉가 떠오른다. '이츠키'라는 동명이인 남녀. 남자 이츠키는 여자 이츠키를 참으로 가슴 먹먹하게 좋아했다. 중학생 때부터 사랑한 그녀를 잊을 수 없었다. 그걸 뒤늦게 알게 되는 여자 이츠키. 그러나 이미 남자 이츠키는 세상을 떠나고 없다. 이츠키의 약혼녀였던 히로코는 그가 첫사랑과 닮았다는 이유로 자신을 만난 걸 알고 이미 이 세상 사람이 아닌 그에게 말했다.

"내가 첫사랑을 닮아서였다면 용서할 수 없어요. 그게 날 선택한 이유라면 난 뭐가 되는 거죠?"

그래도 그녀는 자기를 좋아해 주는 또 다른 선배에게 남풍 불듯이 마음을 옮겨가면 될 것이다. 뒤늦게야 그의 마음을 알게 된 첫사랑 이츠키의 마음은 어땠을까. "나도 너 좋아했어"라고 말하기에는 이미 늦었다. 어렸을 때부터 평생 나를 끔찍이도 좋아한 남자의 마음을 너무 늦게 알았을 때의 마음이란 심장에 청양고추를 뿌려댄 것처럼 시큰하고 아리다.

가슴속에 된장, 고추장을 스무 말쯤 담그고 살아온 사람들을 보면 사랑은 사치로 느껴지기도 한다. 하지만 남자에게, 여자에게 사랑은 자기 안에 있는 생명력에 눈뜨게 되는 현상이다. 환희의 대상이 눈앞에서 웃어준다면 큰 행운일 것이다. 그러나 그 사람이 중환자실에서 의식을 잃고 누워 있다거나, 아니면 이미 이 세상 사람이 아니라면 너무 견디기 벅차게 슬플 것이다. 지금 누군가가 나를 사랑하는데 얘기도 꺼내지 못하고 있을 수 있다. 전혀 생각지 못할 존재가 오매불망 나를 사랑하고 있을 수도 있다. 주변을 살펴보고 부디 그 사랑의 발견이, 그 사랑의 씨앗이 생전에 맺어질 수 있기를 기도해 보는 건 어떨지.

일기를 들키다

　하숙집 외동딸이었던 나는 하숙생들 중에 모 대학을 다니던 그를 몰래 좋아하고 있었습니다. 그는 공부도 열심히 할 뿐만 아니라 다른 하숙생의 고민도 들어주는 참 선한 남자였습니다. 모습도 멋지고 목소리도 근사하고 성격도 쿨해서 하숙생들이 다 좋아했습니다. 특히 우리 부모님이 아주 예뻐했습니다. 나는 말 한마디도 걸어보지 못한 채 홀로 수줍게 그를 짝사랑했습니다. 다행히 그는 눈치 채지 못했고 나의 가슴앓이는 하루하루 더해만 갔습니다. 일기장만이 모든 감정을 털어놓을 수 있는 유일한 벗이었지요.

　하루하루 그에 대한 마음을 적었습니다. 그러던 어느 날 일기를 쓰다가 잠이 들어버렸습니다. 그런데 그가 하숙집에 들어오다가 내가 쓰다 만 일기장이 탁자 밑으로 떨어지려는 걸 바로 놓아주려고 하다가 그 일기를 보게 된 겁니다. 그런 줄도 모르고 나는 꿈속을 헤매고 있었습니다. 뭔가 이상해서 눈을 떠보니 그가 내 일기장을 보고 놀란 얼굴로 서 있었습니다.

"어머, 깜박 잠이 들었네요. 혹시, 이걸 본 건 아니죠?"

"그게, 보려고 본 게 아니라 어쩌다 그만 읽어버렸어요. 미안해요."

나는 부끄러워서 고개도 못 들고 얼른 방 안으로 도망쳤습니다.

대학에도 진학하지 못한 나와 달리 그는 공부도 잘하고 지방의 아주 잘사는 집 아들이었습니다. 게다가 내게는 신체적 결함이 있었습니다. 우리 둘이 이뤄지는 것보다 로미오와 줄리엣이 이뤄지는 게 쉬웠을 겁니다. 며칠 후 그가 학교 앞 카페로 나를 불렀습니다.

"일기장을 보고 깜짝 놀랐어요."

"신경 쓰지 마세요. 짝사랑은 자유잖아요. 설마 따지려고 불러낸 건 아니죠?"

"그런 거 아니에요. 어쩜 그렇게 글을 잘 써요? 작가 지망생이라고 들었는데 글을 참 감성적으로 잘 쓰는 것 같아요."

"네? 너무 쑥스럽네요."

"내가 볼 때 당신은 지구에서 가장 감성이 뛰어난 여자예요. 꼭 작가가 될 수 있을 거예요."

"과찬이에요. 아, 정말 부끄럽네요."

"그거 아세요? 내가 정말 감성이 무디거든요. 논리로는 지지 않는데 감성으로는 젬병이에요."

"그렇지 않아요. 완벽한 사람이잖아요."

"아니에요. 모자란 것투성이에요. 그래서 말인데요. 그쪽하고 만나고 싶어요. 내 모자란 감성도 채워주고, 일기 말고 직접 쓴 연애편지도 받고 싶어요."

정말 꿈같은 일이 벌어졌습니다. 그날을 생일로 삼고 싶을 만큼 말입니다. 내 눈에서 눈물이 와락 흘러내리자 그가 옆에서 눈물을 닦아주었습니다. 그때부터 우리는 밖에서 만났습니다. 그에게 나는 매일 손으로 쓴 편지를 건넸고 그도 답장을 해주었습니다.

"사랑해. 세상 모든 걸 다 합친 것보다 널 사랑해."

아주 짧지만 행복한 편지였습니다.

시간이 흘러 그가 대학을 졸업하고 취직을 해 회사를 다니게 되었고 우리는 주말이면 같이 봉사도 다녔습니다. 연애는 5년이나 이어졌고 이제 결혼을 하기로 했습니다. 생각보다 그의 부모님의 반대가 심했습니다. 부모와 의절하고 싶다면 마음대로 하라는 최후통첩까지 내려졌습니다. 그러나 그는 끈질겼습니다. 매일 부모님께 편지를 썼다고 합니다. 마침내 나와의 소중한 사랑을 위해 그는 이겨냈습니다. 부모님도 아들의 확고한 마음에 할 수 없이 허락을 해주신 겁니다.

결혼식 날이 되었고 행진곡이 울려 퍼지면서 나는 아버지의 팔짱을 끼고 예식장 안으로 천천히 걸어 나갔습니다. 하객들이 여기저기서 수군대는 소리가 들렸습니다.

"저런, 어떻게 된 거야?"

"세상에, 신부가 다리를 많이 저네!"

하얀 웨딩드레스 자락으로도 감추어지지 않는 나의 소아마비! 다리를 저는 내게 예식장의 붉은 주단은 참 멀고 길었습니다. 그때 먼저 주례 앞에 입장해 있던 그 사람, 나의 신랑이 성큼성큼 다가왔습니다.

"아버님! 제가 좀 일찍 데려가겠습니다. 기다리지 못해서 죄송합니다. 아버님, 감사합니다."

그렇게 그는 하객들의 수군대는 소리를 행여 내가 더 듣게 될까 봐 나를 번쩍 안아 들고 주례 앞으로 걸어갔습니다. 나의 두 볼에 뜨겁고 행복한 눈물이 번졌고 수군대던 하객들은 모두 일어나 우리들의 결혼을 진심으로 축하하며 박수를 쳐주었습니다. 그렇게 우리는 결혼해서 지금 아주 잘 살고 있습니다.

사람에게는 온도가 있다. 늘 한기가 느껴지는 사람이 있는
가 하면 그냥 보기만 해도 온기가 느껴지는 사람이 있다.
온도는 음식에서 가장 중요하듯이 사람에게도 매력의 척도
가 된다. 외모는 이상형이 아닌데 그녀에게 감도는 따스한
기운에 남자는 매료당하기도 한다. 반대로 외모가 뛰어난
데도 남자가 이상하게 잘 머물지 않는 여성을 보면 차가운
사람일 경우가 많다. 온도는 사람에게 머무는 삶의 향취다.
그 향취에 따라서 사람이 다가서고 물러서는 차이가 있다.

천재화가 이중섭과 그의 아내 야마모토 마사코(한국 이름은
이남덕이다)도 편지로 사랑을 키운 대표적인 연인이다. 이중
섭이 일본으로 건너가 미술을 공부할 때 학교 복도에서 붓
을 씻던 여학생과 눈이 마주쳤다. 두 사람은 그야말로 금
방 사랑에 빠졌다. 정치적으로 불안했던 시대 상황 탓에
나중에는 흩어져 살게 되지만 두 사람의 사랑은 편지로 이
어졌다. 이중섭은 아내를 남덕군이라고 불렀다.

"나만의 소중한 사람, 남덕군. 하늘이 베풀어준 나만의 보
배, 나의 아내, 참된 천사. 나의 남덕군! 내 가슴의 열렬하
고 참된 애정을 받아주시오. 당신은 어쩌면 그렇게 놀라운

거요? 당신의 발가락에 몇 번이고 입 맞추는 나의 기쁨은 세상의 어떤 기쁨과도 비교할 수 없소. 나는 지금 가슴이 터질 것만 같소. 남덕의 귀여운 모든 것에 긴 뽀뽀를 보냅니다."

이런 편지를 받은 아내의 마음은 어땠을까. 남덕도 중섭에게 이렇게 썼다.

"당신의 힘찬 애정을 전신으로 느껴 남덕은 마냥 기뻐서 가슴이 충만합니다. 이렇게 사랑을 받는 나는 온 세상의 그 누구보다 행복합니다."

그들은 평생 어떤 연인보다도 진한 사랑을 나누었다. 영혼의 합일이랄까. 그들이 나눈 편지를 보면 지금 읽어도 닭살 커플이다. 그들을 정말 위대한 커플로 인증할 만하다.

『그리스인 조르바』에는 이런 대목이 나온다.

"행복은 포도주 한 잔, 밤 한 알, 허름한 화덕, 바다 소리처럼 참으로 단순하고 소박한 것이다. 행복하다고 느끼게 하는 데 필요한 것이라곤 단순하고 소박한 마음뿐이다."

이게 인생 아닐까. 소박한 행복이 모여 큰 기쁨이 되고 일상이 모여 평생을 이룬다. 맺어진 인연으로 행복해지겠다는 마음가짐이 바로 행복의 시작이라는 카잔차키스의 충고에 천 개의 공감을 보낸다.

늘 너의 목소리가 들려

오래전, 곧 밀레니엄 새 세기가 시작된다고 언론에서 한참 뉴스가 나오던 시절이었습니다. 몇 달 뒤숭숭하던 아버지 회사의 부도 소식, 그리고 아버지의 구속. 우리 집이 산산조각이 나는 데는 며칠이 채 걸리지 않았습니다. 할머니가 돌아가시고 어머니까지 쓰러져 풍랑을 만나 다들 힘을 모아도 모자랄 판이었는데 오빠는 정신을 차리지 못했습니다. 결혼생활에 위기가 와서 이혼 얘기가 오가고 있었고, 그 와중에 하나 있는 조카는 자폐 증세를 보였습니다.

집이 경매로 넘어가고 쓰던 키드마저 다 반납하게 되자 오빠는 더욱 술에 의지해 살았습니다. 올케에게 만취한 채 행패를 부린 후에는 올케도 집을 나가버렸습니다. 오빠는 그래도 술에서 벗어나려 하지 않았습니다. 현실을 견디기가 버거웠나 봅니다. 안타까운 마음에 술값을 내주던 친구들도 슬슬 피하기 시작했습니다.

"오빠, 지금 우리가 다함께 힘을 내야 할 때인데 왜 정신을 못 차리는 거야?"

술집에 쓰러져 있는 오빠를 데리러 간 나는 만취해 있는 오빠의 뺨까지 때려봤습니다.

자폐증에다 일곱 살밖에 안 된 조카는 내가 떠안아야 했습니다. 그때 남자친구가 없었다면 아마 숨 막혀서 죽었을지도 모릅니다. 대학 선배인 그와는 사귄 지 7년 되었습니다. 신입생 시절부터 알아온 사이라 우리 집 일을 다 알고 있었습니다. 그는 나에게 유일한 위안이었습니다. 우리 집이 망하자 다들 떠나갔지만 그는 여전했습니다. 아니 예전보다 더 나를 위해 주었습니다.

"주현아, 내가 있어. 힘내! 오늘도 파이팅이다!"

매일 아침 그의 모닝콜에 눈을 떴고, 한결같이 곁에 있어주며 모든 걸 같이 해준 그 사람 덕분에 견뎠습니다. 어느 날 그가 아주 근사한 수첩과 만년필을 사주며 말했습니다.

"아침마다 여기에다 하루 동안 할 일을 다 메모해. 하나씩 처리하면서 줄을 긋고. 알았지?"

"휴대폰에 메모하면 되는데 왜 번거롭게?"

"사주면 고맙다고 해야지. 내가 시키는 대로 해. 휴대폰은 통화만 하느라 자주 확인 못 하잖아. 이 수첩을 늘 열어보면서 다니도록!"

그러고는 다른 매장으로 데려가더니 아주 커다란 가방을 사줬습니다. 멋스럽고 가벼운, 마음에 쏙 드는 가방이었습니다.

"이건 왜 사주는지 알아?"

"내가 예쁘니까 사주지."

"너 공주병 아직도 못 버렸어? 이건 말이야. 네가 요즘 정신이 없어서 자꾸 뭘 두고 다니잖아. 이 가방에 뭐든 다 쑤셔놓고 다녀. 아까 산 수첩은 여기 가운데 지퍼 열어서 넣고 다니고."

왜 그날 그에게 고맙다는 얘기를 안 했는지 모르겠습니다. 했어야 했는데, 마구마구 표현했어야 했는데 원래 무뚝뚝한 나는 그러질 못했습니다.

1년 후 오빠가 폐암으로 세상을 떠났습니다. 눈물도 나오지 않더라고요. 그동안 너무 나를 힘들게 했기 때문입니다. 오빠와 이혼한 올케를 찾아갔는데 어느새 새 남자와 만나느라 나에게 조카를 부탁한다고 하더라고요. 나중에 데려가겠다고 무릎 꿇고 비는데 어쩔 수 없어서 침만 뱉어주고 돌아섰습니다.

"왜 나에게 이런 고난들이 오는 거지? 이렇게 한꺼번에, 왜……."

그는 내 짜증과 슬픔을 다 받아주며 같이 키우면 된다고 나를 위로했습니다. 그런데 이 세상에서 유일하게 나의 희망인 그 사람이 췌장암 진단을 받았습니다. 6개월간의 투병. 그는 내 손을 잡고 말했습니다.

"고마워. 늘 너는 내가 살아가는 이유였어. 근데 널 두고 가려니 마음이 아프다. 넌 지금은 힘들지만 언젠간 웃으면서 커피를 마실 날이 올 거야. 힘내지 않으면 안 돼. 알았지?"

"선배 없으면 나 아무것도 못 해. 나 두고 떠나면 안 되는 거 알지? 힘내. 기적이 일어날 거야."

그러나 기적은 일어나지 않았습니다. 그 사람, 결국 떠나고 말았습니다. 그 사람과 함께 가고 싶어서 모진 마음도 먹어봤지만 어린 조카를 키워야 했기에 남은 현실에 몸부림쳐야 했습니다.

아빠는 출소했지만 우울증에 빠지셨고 엄마의 간병까지 모두 내 몫이었습니다. 하늘을 향해서 비명도 질러봤습니다. 조카를 데리고 몇 번 출근하자 회사에서도 위태로워졌고 결국 회사를 그만뒀습니다.

그러나 참 신기한 일입니다. 옆집에서 도우미로 일을 하기 시작했는데, 일하면서 중간중간 조카를 돌볼 수 있어 마음이 편해졌습니다. 세상에서 가장 나를 행복하게 하는 건 바로 조카 미림이입니다.

"고모, 고마워."

조카가 이 말을 참 자주 합니다. 그 말을 들으면 모든 시름이 다 풀리고 행복해집니다.

그 사람이 떠난 후에야 알았습니다. 그가 나를 위해서 365개의 녹음을 해놓고 갔다는 것을요. 아침에 눈뜨면 그가 남긴 그날의 녹음을 듣습니다.

"주현아, 굿모닝! 수첩 먼저 봐. 오늘 할 일은 뭐지? 사람이 일부러 그러는 건 없어. 부모님 미워하지 말고 네가 할 수 있는 만큼 해드려. 아버님도 일부러 그러신 게 아니고 어머님도 일부러 아프신 게 아니니까. 그럼 오늘도 파이팅이다! 우리 딸 달이에게 나 대신 뽀뽀 보내줘."

그는 나와 함께 조카 미림이를 딸처럼 정성껏 키우며 살겠다고 '달이'라고 부르곤 했습니다. 떠나면서까지 미림이 생각을 해준 그 사람.

"너 너무 성격이 급한 거 알지? 차분하게 생활하고, 하루에 쉬는 시간, 커피 한 잔 하는 시간은 꼭 가지길 바란다. 내가 하늘에서 힘을 많이 보낼 테니까 힘내고! 아자아자, 우리 주현이 예쁘다!"

이런 식의 녹음을 365일분이나 해놓고 간 것입니다. 마지막 녹음은 이렇게 되어 있었습니다.

"이게 마지막 녹음이야. 10년치 녹음을 하려 했는데 1년치만 한다. 왜냐고? 이제 나를 잊고 새로운 남자를 만나야 해. 365일이면 내 봉사는 끝이다. 나도 이제 하늘에서 널 잊고 새 삶을 살 거야. 그러니 너도 너의 삶을 살아. 너같이 예쁘고 마음이 따뜻한 애는 좋은 사람 만나서 행복해야 해. 근데 한 가지, 네가 좀 무뚝뚝하지. 그것만 좀 고쳐보도록 해. 그러면 남자들이 따를 거야. 나 같은 완벽한 남자는 바라지 말고 좀 모자라도 마음이 좋은 사람 만나서 행복하게 잘 살아. 달이를 포용해 줄 좋은 남자 만나기를 기도하면서 나도 떠날게. 주현아, 사랑했어. 네가 있어서 내 인생은 행복했고 단 한 치도 후회 없다. 이걸로 나를 잊어라. 이 무뚝뚝배기야, 안녕!"

이 마지막 녹음을 듣고 많이 울었습니다. 미림이도 내 마음을 아는지 나를 안고 같이 울더라고요.

그의 말은 다 들어주고 싶었지만, 그를 잊고 다른 남자를 만나는 것, 그건 힘들 것 같습니다. 해가 바뀌어도 그가 남긴 녹음 365일분은 반복해서 들으며 실행하고 있습니다.

참 세상은 견디면 달라져주더라고요. 어머니는 퇴원해서 아버지와 둘이 알아서 잘 살고 계시고, 나는 타고난 요리 솜씨와 빠른 일 처리 덕분에 일하는 집 아주머니로부터 사랑을 듬뿍 받고 있습니다. 절망하지만 않으면 희망은 온다더니 아침마다 새로운 태양이 뜨는 것도 내겐 행복입니다.

나만 사랑하다 떠난 그 사람, 하늘에서 나를 보며 웃고 있겠지요. 이제 나는 그의 말처럼 행복한 모닝커피를 마시고 있습니다. 곁에는 사랑하는 내 희망이자 내 일상의 동반자 미림이가 있어 더욱 힘낼 수 있고 웃을 수 있습니다.

누구에게나 고난은 있고 그 누구도 피해 갈 수 없다. 그러니 고난이 닥치면 이렇게 생각하는 게 좋다.

'이게 인생이구나. 아, 나는 인생을 살고 있구나.'

고난이 없으면 그건 생이 아니니까. 신은 여러 차례 고난을 내리신다고 한다. 고난과 만났을 때 겸허하게 받아들이고 극복해 나가려고 노력하지 않으면 바로 2차 고난을 강하게 내려서 단련시키고 이어서 3차 고난도 내린다. 어떨 때는 1, 2, 3, 4, 5, 6차 고난이 함께 오기도 한다. 어떤 사람은 40대까지 하나도 특별한 고난이 오지 않다가 50대 이후에야 무더기로 오거나, 심하면 한꺼번에 강한 고난 태풍이 되어 몰아서 오기도 한다.

인생이 공평하지 않아 보이고 억울하고 애석하고 한탄스럽게 느껴지기도 한다. 인생은 제로섬 게임이라 했던가. 모든 사람들 속을 들어가서 볼 수 없으니 겉만 보고 공평한지 아닌지는 판단힐 수 없다. 남의 잔디밭이 너 푸르러 보이고 남이 누리는 행복이 더 커 보이기 마련이다. 그저 자신에게 주어진 행복을 느끼며 사는 게 중요할 것이다. 행복의 반대말은 불행이 아니라 불만이라고 하지 않는가.

힘든 때일수록 즐거운 시간을 가지는 게 좋겠다. 힘들다고 일상의 작은 즐거움을 유보하지 말고 자신을 위안하기 위해서라도 더욱 시간을 내서 영화도 보러 다니고 놀이 공원에도 가고 무리해서 여행도 가고 멋들어지게 차려입고 나가보는 것이다. 톨스토이의 「사람은 무엇으로 사는가」를 읽으면서 삶과 죽음이란 하늘의 시선으로 보면 아주 광대한 의미가 있다는 것을 느낄 수 있었다. 한 사람을 데려가는 대신 다른 창을 열어주시고 그 창을 통해서 사랑이 빛의 속도로 빨리 올 수 있다. 지금 그 누구보다 이별의 고통으로 힘든 사람이 10년 후엔 그 누구보다 행복한 사람이 되어 있을 수 있다.

합기도 그녀

어릴 때부터 취미로 합기도 도장을 다녔습니다. 고등학교 다닐 때는 4단 단증까지 취득했고 어쩌면 이 길이 내 길일 수 있겠다 싶어 합기도를 진로로 정해 볼까 생각도 했습니다. 어느 날 관장님이 부르셔서 말씀하셨습니다.

"아무리 봐도 너는 운동체질이다. 혹시 모르니 도장에서 애들을 한번 가르쳐보면 어떻겠냐?"

진로 문제로 고민이 많던 때였고 공부보다 운동이 재미있어서 관장님 말을 따르기로 했습니다. 오후 늦게 오는 꼬맹이들의 수업을 두어 시간 하고, 밤늦게는 또래 친구들과 형들과 함께 또다시 대련을 뛰고 운동을 하면서 땀을 흘렸습니다. 그렇게 마무리하는 하루가 참 행복했습니다.

어느 날 단발머리 여고생이 합기도를 배우겠다고 찾아왔습니다. 누가 봐도 예쁘고 상큼 발랄한 여학생이었습니다. 여학생이 온 후로 오후 9시 수업은 그동안 도장을 거의 찾지 않던 친구들까지 합세해서 그야말로 동네 형들과 또래 친구들의 전용 수업이 되어버렸습니다.

관장님의 부탁으로 그 수업까지 맡게 되면서 나는 여학생과 조금 더 많은 시간을 보내야 했습니다. 하지만 문제가 생겼습니다. 혹시라도 여학생에게 뭔가를 가르친다고 작은 스킨십이라도 했다간 동네 형들에게 몰매를 맞게 생긴 겁니다. 서로 자기가 여학생과 대련을 하겠다며 몰려드는 바람에 정신이 없었습니다. 도장은 여학생을 꼬시러 온 늑대들만 가득한 전쟁터가 되어버렸습니다. 한번은 여학생이 앞구르기를 하다 실수로 머리카락이 한 움큼이나 빠졌습니다.

"아야! 아파……."

눈물을 뚝뚝 흘리는 여학생 앞에 남자들이 몰려왔습니다.

"괜찮아? 많이 아프지?"

"저런, 아파서 어떡해."

동네 친구들과 형들은 다들 자기가 다친 것처럼 안쓰러운 눈으로 바라보았습니다. 하지만 나는 그녀가 다친 것보다 그들의 행동이 더 마음에 안 들어서 소리쳤습니다.

"그러게 조심 좀 하지. 초등학생도 앞구르기를 하면서 그런 실수는 안 한다. 앞으로는 운동할 때 머리카락을 모두 묶든지, 아니면 깔끔하게 자르고 와! 알겠냐?"

내 말에 눈물을 머금고 고개를 끄덕이던 그녀, 그리고 나를 죽일 듯이 쩌려보던 형들과 친구들. 그 후에도 나는 그녀를 단지 다른 수련생들과 똑같이 대했고 그녀도 나의 쌀쌀맞은 태도에 나를 굉장히 무서워했습니다.

도장에서 수업을 마치고 나오는데 저만치 앞에서 그녀가 도장에 다니고 있는 내 친구와 함께 걸어가고 있는 모습이 보였습니다. 그녀는 친구에게 "오빠, 오빠" 하면서 따라가고 있었는데 그 소리가 이상하게 마음에 거슬렸습니다.

'다 늦은 시간에 왜 저 녀석을 따라가고 있는 거지? 지금 어디 가는 거야? 아무나 오빠냐? 저런 멍청이.'

몇 걸음 가다가 도저히 안 되겠다 싶어서 친구와 그녀가 함께 향하던 길 쪽으로 다시 발길을 돌렸습니다. 앞서 가는 두 사람은 한 달 정도 도장에서 만난 사이치고는 꽤 친한 모습으로 걸어가고 있었습니다.

'어쩌지? 그냥 돌아갈까? 근데 내가 왜 지금 쟤들한테 신경을 쓰고 있는 거지? 나하고 상관없잖아.'

하지만 내 마음과는 다르게 혹시나 친구가 몹쓸 짓을 할까 봐 걱정도 되고 환하게 웃는 그녀의 목소리에 괜히 심술도 났습니다. 마음을 다잡고 뒤에서 친구 이름을 크게 불렀습니다. 친구와 그녀가 돌아보았습니다.

"너 여기 웬일이냐?"

"친구네 갈 일이 있어서 가는데 뒷모습이 꼭 너 같아서."

그들은 가던 길을 다시 걷기 시작했고 그동안 내가 너무 무섭게 대해서였는지 내 앞에서 긴장하는 그녀의 모습은 정말 예쁘고 사랑스러었습니다. 나는 같은 방향인 척하고 그들과 함께 걸었습니다. 그녀가 내 친구에게 '오빠'라고 부르며 말을 걸 때마다 질투심에 피가 거꾸로 솟구치는 느낌이었습니다. 잠시 후 그녀의 집 앞에 다다랐습니다.

"오빠, 나 집에 들어갈게. 내일 봐."

그녀는 내 친구에게 인사를 건네고 나서 내게는 짧은 목례만 하고 집으로 들어갔습니다. 친구가 그러더군요.

"내 동생 예쁘지? 내 이종사촌 동생이야."

나는 그 말에 정말 안도했습니다. 그런 내 모습을 보고 친구가 웃으며 말했습니다.

"잘해 봐. 쟤 정말 예쁘고 착한 애야. 너하고도 잘 어울릴 것 같은데."

그날 이후 수많은 늑대들 틈에서 그녀를 지키느라 안간힘을 써야 했습니다. 그런 내 모습이 좋았는지 그녀도 슬슬 마음을 열었습니다. 친구 녀석이 바래다주던 그 길을 언제부턴가 내가 대신하면서 우리는 서서히 친해졌습니다.

우리는 그 길을 걸으며 평생 함께하자는 약속을 했고 지금은 한 이불을 덮고 살고 있습니다. 지금 생각하니 그녀를 만나려고 내가 합기도 도장에서 일하게 되었나 봅니다. 이제는 다른 일을 하고 있으니까요. 어릴 때의 풋사랑이자 나의 첫사랑, 그리고 영원한 사랑을 그녀와 하고 있네요. 이제 나보다 더 터프해진 그녀지만 그녀 옆에 있는 지금, 나는 참 행복합니다.

사랑은 느닷없이 온다. 인연도 느닷없이 온다. 지금 내 옆
자리가 비어 있을지라도 언제 좋은 사람이 그 자리를 채워
줄지 모른다. 세상의 남자는 내 남자와 내 남자가 아닌 남
자로 이뤄졌지만 내 남자가 아닌 남자에서 내 남자가 되기
도 하고 그반대가 되기도 한다. 그래서 사랑은 시작되면서
도 두렵고, 진행되면서도 두렵다.

사랑은 열광과 절망, 흥분과 공포를 동시에 느끼게 한다.
하지만 사랑할 때 도파민, 테스토스테론, 옥시토신, 세로
토닌이 만들어내는 짜릿한 중독이 있기 때문에 사랑해 본
사람은 사랑이 없이는 숨쉬기 힘들어한다. 물론 사랑은 결
혼과 함께 승화되어간다. 늘 누군가가 옆에 있어야 하는
사람은 결혼을 통해서 그 갈증을 풀어낸다. 결혼을 통해
짜릿한 감정에서 동지애로, 인류애로 업그레이드되는 능
력들을 저절로 함양하게 된다. 이런 능력을 가진 사람들이
행복을 만들 줄 안다.

"열매가 많은 포도나무와 같은 사람이 되어라."

성경에 있는 말이다. 그러나 기도만 하고 있으면 어떻게
사랑이 이루어지겠는가. 교황 바오로 2세도 강조했지만

그것에 대해 노력은 하지 않고 기도만 하면 그건 도피다. 현실 속으로 뛰어들어라. 현실에서 해야 할 건 하면서 기도해야겠지.

강신재의 어느 소설에 나오는 "그에게선 비눗내음이 난다"라는 구절처럼 상쾌한 비눗내음도 좋지만 그보다 더 섹시한 냄새가 있다. 땀방울 냄새! 열심히 뛰는 사람에게서 나는 페로몬 냄새가 있다. 남자든 여자든 일에 몰두한 모습이 가장 멋지다. 세상에서 가장 섹시한 사람은 자기 일에 집중해 있는 사람이다. 그리고 누구에게든 고마워하고 상냥하고 따뜻한 사람, 세상을 열심히 사는 사람은 단언컨대 지금 누군가에게 짝사랑의 대상이 되고 있을 것이다.

천사의 노래

방탕한 생활로 20대 초반을 보내던 나의 청년 시절. 술, 담배, 여자, 3박자를 고루 갖추며 카사노바, 플레이보이 등의 수식어로도 표현이 부족할 정도로 '망나니'로 살던 어느 날이었습니다. 여느 때와 같이 친구들과 3차, 4차까지 마시고 단골 노래방을 찾았습니다. 방을 찾아 들어가려고 하는데 어떤 여자가 종업원에게 다소곳한 목소리로 말하고 있었습니다.

"가격을 조금만 깎아주시면 안 될까요? 5천 원만, 아니 3천 원만 깎아주세요. 이게 단체 돈이라서 아껴야 하기든요."

종업원이 안 된다며 여기는 깎아주는 곳이 아니라고 거절하자 실망하는 표정의 그녀가 안돼 보였습니다. 내가 나섰습니다.

"그 돈 내가 드릴 테니 이분 깎아드려요."

그러자 그녀가 놀라서 돌아보며 말했습니다.

"네? 아니에요. 왜 그쪽에서 돈을 내주는 거예요? 괜찮아요. 됐습니다."

나는 조금 허세를 부리듯 다시 말했습니다.

"내가 이 노래방 잘 알거든요. 5천 원 깎은 돈만 내고 가요."

"그럼 저 감사하게 이것만 내고 갈게요. 감사합니다."

그녀는 거듭 감사하다고 말하고는 친구들이 있는 방으로 들어갔고 나도 친구들과 어울려 놀았습니다. 그런데 자꾸 그 여자가 생각났습니다. 그래서 그쪽 방 앞에 가서 슬그머니 몰래 지켜보게 되었습니다.

'뭐야, 키도 작고 예쁘지도 않고 화장기도 없고. 내 취향이 아니네. 와, 근데 노래 잘한다. 천사 같은 목소리다!'

그녀의 노랫소리에는 외모에서는 볼 수 없는 무언가가 있었습니다. 마음을 움직이는 소리라고나 할까요. 나도 모르게 그녀의 노래에 감동을 받았지만 그날 그렇게 말도 못 걸어보고 그냥 헤어졌습니다.

그 후 그 노래방에 매일 가서 그녀를 기다리고 기다렸습니다. 한 달 후쯤 지났을까요. 그녀의 친구들로 보이는 일행을 간신히 알아보고 그녀에 대해 물어보았습니다.

"그때 그 여자분은 같이 안 오셨어요? 어떻게 다리 좀 놔주시면 안 될까요?"

그녀의 친구들은 그녀가 집안일 때문에 많이 바빠서 자기들도 만나기가 힘들다고 했습니다. 지난번에 만나 놀 수 있었던 것은 1년에 한두 번 외출이 허락되는 날 중 하루였다는 겁니다. 부모님이 아주 작은 한복 공장을 하시는데 그녀는 그곳에서 일하며 바쁜 어머니를 대신해 집

175

안 살림도 도맡아 하고 있었습니다. 가정형편이 많이 좋지 못해 언니를 위해 대학을 포기하고 남동생을 위해 뒷바라지한다는 이야기까지 소상히 들을 수 있었습니다. 그녀가 살아온 환경은 내게는 다른 세상 같았습니다.

그냥 잊으려고 했는데 그녀의 노랫소리가 마음에 박혀 잊을 수가 없었습니다. 매일같이 그녀 생각이 나서 그때 알아둔 그녀 친구의 연락처로 전화해서 드디어 그녀를 만나게 되었습니다. 딱 한 시간의 데이트. 그 시간을 기다리며 나답지 않게 떨렸습니다. '이건 뭐지?' 하는 마음으로 나가서 한 시간 만나고 헤어졌고, 다음에 또 한 시간의 데이트를 약속했는데 그 한 시간을 위해 열 시간, 아니 백 시간을 준비하고 또 기다렸습니다.

그렇게 1년 동안 그녀와의 간절한 데이트를 이어갔지만 개버릇 남 못 준다고 했던가요. 순간의 애정이 점점 식기 시작하며 바람기와 술이 다시 그녀에게서 멀어지게 했습니다. 그런데 이상했습니다. 다른 여자를 만나도 그녀의 얼굴이 자꾸 떠오르고 가끔이라도 만나지 않으면 안정이 되지 않고 견딜 수가 없었습니다.

그렇게 만나다 보니 어느새 7년. 그동안 나는 많은 여자를 만나며 방황했지만 그녀는 7년 전 그 자리에서 변함없이 나만 바라보고 있었습니다. 그런 그녀를 나는 버릴 수 없었고 그냥 비즈니스하듯 일정한 룰에 의해 결혼하고 말았습니다.

연애를 오래 해서 그런지 결혼생활은 재미가 없었고 신혼인데도 신혼 같지 않았습니다. 때론 내가 무지 손해 본 것 같은 느낌이 들 때도 있었습니다. 집에 생활비도 안 갖다주고 외박도 잦았습니다. 사업을 한다고 여러 번 말아먹기를 반복, 빈털터리로 집에 돌아오면 아내는 싫은 소리 한 번, 잔소리 한 번을 안 하고 내가 하는 일과 의기소침해진 내 마음을 걱정하며 모든 것에 힘과 응원을 아끼지 않았습니다. 그동안 자신의 예물을 팔고 집에서 소일거리를 하며 생활비를 마련해 근근이 아기와 생활을 유지하고 있었더군요.

아내의 외모에 항상 불만이었던 나는 괜한 시비를 걸기도 했습니다.

"넌 여자 아니냐? 어떻게 너는 다른 여자들처럼 화장도 안 하냐? 옷은 그게 뭐야? 누더기도 아니고."

"너 바보 아니야? 왜 나한테 화도 안 내? 그래그래, 너 바보 맞아! 그치? 이 천치꾸러기야!"

나의 구박은 심해져만 갔습니다.

"너는 내가 집에 안 들어와도 왜 전화를 안 하냐? 왜 내가 전화해야만 받느냐고! 너는 손가락 없어?"

"당신이 바쁠까 봐서요. 방해될까 봐 안 하는 건데 그러면 앞으로 전화 걸어도 돼요?"

"바보가 맞네, 맞아! 전화를 걸라고 해야 거냐? 아니, 전화하지 마. 바깥에서 남자가 큰일 하는데 여자가 방해해서는 안 되지, 그럼!"

내가 분명히 잘못하는데도 이 여자는 내 탓을 안 했습니다. 착한 건지, 바보인 건지…….

그렇게 불만 가득한 결혼생활이 지속되고 있었습니다. 아이를 낳고 3년이 지났을 때 어느 순간 아이가 정상이 아니라는 말을 아내에게 듣게 되었습니다. 나에게 장애 아이가 생겼다는 사실은 견딜 수 없는 충격이었습니다. 내 삶에 그 아이를 받아들이기가 너무나도 화가 나서인지 가정을 포기한 채 무책임하게 밖으로 방황할 수밖에 없었습니다. 어느 날 만취해서 집에 들어갔는데 새벽에 깬 아이를 물끄러미 바라보며 아내가 나에게 이렇게 이야기했습니다.

"몸과 마음이 이렇게 아픈 아이는 하늘이 우리에게 내려주신 특별한 선물일 거예요. 다 키울 수 있는 힘을 가진 사람에게만 내려주신대요. 우리 아이는 다른 아이들보다 두세 배 더 많은 사랑을 필요로 하는 아이예요. 한 가지 당신에게 소망하는 게 있어요. 내가 이 아이보다 단 하루만 더 살아서 이 아이 옆에 누울 수 있게 당신이 도와주면 좋겠어요. 그렇게 해줄 수 있죠? 이건 당신에게 처음이자 마지막으로 부탁하는 거예요."

그 얘기를 듣는 순간 눈물이 걷잡을 수 없이 흘렀고 나도 모르게 아내를 안고 통곡했습니다.

그 뒤로 담배와 술은 물론 방탕했던 모든 과거 생활을 청산하고 아내와 아이를 위해 남은 생을 모두 헌신하기로 했습니다. 현재 아내는 우리 아이뿐만 아니라 관심과 사랑을 더 원하는 장애 아동들을 찾아다니며 봉사하고 있습니다. 나도 주말이면 같이 봉사 일을 돕고 있고요. 지친 모습으로 아이와 지고 있는 아내의 모습을 보고 있노라면 과거의 내 마음과 행동에 대해 후회의 눈물을 흘리곤 합니다.

이런 아내, 이런 여자가 세상에 또 어디 있을까요. 자신의 학창 시절은 가족들을 위해 희생하고, 시집와서는 나에게 헌신하고, 앞으로 남은

생은 아픈 아이들을 위해 살게 될 아내를 바라보며 나는 뜨거운 눈물
을 몰래 흘립니다. 그녀를 처음 만났을 때 들었던 천사의 노랫소리는
지금 생각해 보면 진짜 천사가 부른 게 맞나 봅니다.

여보, 앞으로 살아갈 마지막 순간까지, 아니 죽어서도 당신 곁에서
그동안 못 준 사랑 갚으며 살고 싶다. 용서해 줘. 사랑해.

남자와 여자 중에 어느 쪽 사랑이 먼저 식을까? 영화 〈봄
날은 간다〉에서는 유지태가 이영애에게 "사랑도 변하니?"
하고 울먹이지만 내 주위의 통계를 보면 나쁜 여자보다는
나쁜 남자가 더 많아 보인다. 여기서 나쁜 남자라 함은 사
랑하는 마음이 먼저 변하는 남자를 말한다. 사랑이 절정에
이른 후부터 그 남자의 애정은 내리막길이다.

나쁜 남자는 여자친구를 몇 장 있어도 되는 마일리지 카드
같은 것으로 여긴다. 지갑에 골고루 갖춰놓은 포인트 카드
로 여기는지 거리낌없이 여러 여자들을 만난다. 그래서 단
한 가지 나만의 카드를 고집하는 순정적인 남자가 고맙기
도 하고 소중하기도 하다. 문제는 나쁜 남자가 싫으면서도
정작 나에게 오로지 순정을 보이는 남자에게는 감정이 잘
끓지 않는다는 것이다. 나에게 확실한 패를 보이며 매달리
지만 저 남자와는 무인도에 단 둘이 몇 달 있어도 끌림이
전혀 발동하지 않을 것 같다면, 아무리 외롭다고 해도 그
에게 최종 선택권을 쓰고 싶진 않다. 그게 바로 사랑의 비
극이다.

영화 〈천일의 앤〉에서 앤은 헨리 8세의 두 번째 부인이었

다. 헨리 8세는 그녀를 얻기 위해서 그가 가진 도덕성과 명예를 다 버린다. 그렇게 소원 성취하여 그녀를 얻는다. 그러나 그녀를 얻은 다음에는 사랑이 내리막길이다. 헨리 8세는 곧 다른 여자에게 마음이 간다. 그리고 또 다른 여자를 차지하기 위해서 모든 것을 건다.

나쁜 남자들은 모든 걸 다 내다볼 수 있는 불변의 상태를 못 견뎌 한다. 그러나 여자들은 반대로 자신이 사랑하는 남자가 확신을 주기를 원한다. 나쁜 남자의 사랑은 흘러가는 강물과 같고 구름 혹은 바람과도 같다. 만약 나를 만나는 남자의 시선이 자꾸 다른 여자를 향하고 있다면 그렇게 생각하길 바란다. 이 남자도 나쁜 남자구나, 나는 나쁜 남자를 사랑하고 있구나. 계속 그의 옆에서 속을 끓이며 지낼 것인가, 아니면 운전대를 돌려서 착한 남자를 만나러 갈 것인가. 아주 운이 좋은 경우 나쁜 남자가 좋은 남자로 유턴하기도 한다. 그러기 위해서는 하늘도 감동할 정도의 희생과 기다림으로 그의 곁에 영원히 있어야 한다. 영원히.

그냥 나랑 결혼하자

나는 어려서부터 참 외모에 콤플렉스가 많았습니다. 키는 작고 얼굴은 야수처럼 크고 눈은 김제동이 울고 갈 단춧구멍에 코는 없는 듯 낮게 얹혀 있는 정도였습니다. 게다가 결정적으로 머리숱도 너무 없어서 내 나이 서른셋에 거래처 신입사원으로부터 '이사님'이라고까지 불려봤습니다. 젊어서 탈모인이 된 것이 늘 고민이었습니다. '그래도 남자는 머리털 빠진 사람이 많으니까 당당해야지' 하고 마음 편하게 먹어보려고 했는데 막상 결혼 적령기가 되니 현실은 어쩔 수 없었습니다. 선보러 갈 때마다 퇴짜를 맞았습니다. 심하게 탈모가 된 내 모습이 여자에게는 혐오감을 주었나 봅니다.

내가 힘들 때마다 상담해 주는 어릴 적 친구가 있습니다. 그 애 이름은 인희입니다. 인희는 집은 좀 가난했지만 가족들이 서로를 보듬어주는 환경에서 자라서 마음 자체가 따뜻한 아이였습니다. 인희는 만나는 남자가 있었지만 내가 힘들어하면 늘 내 고민을 들어주고 위로해 주었습니다.

"인희야, 나 오늘 기분 완전 지옥이다. 지하철에서 나보고 자리 양보하는 거 있지. 나이 서른셋에 할아버지 대우 받는 것 같아서 기분 진짜 다운된다. 나 아무래도 결혼하지 못할 팔자인가 봐. 머리털은 자꾸만 빠지고. 털 빠진 수탉이라는 소리나 듣고……."

그러면 인희는 따뜻이 위로해 주었습니다.

"무슨 말이야. 모르는 사람들이야 실수할 수 있지. 넌 그걸 알아야 해. 너 정도면 짱이야. 회사에서도 성실해서 능력 인정받아, 유머는 넘쳐서 바다로 흘러가지, 매너도 좋지! 그까짓 머리카락이 뭐가 그리 중요해?"

인희는 내게 늘 이런 말을 해주는 유일한 여자였습니다. 어떤 날에는 내가 심하게 자학하면 더 치켜세워주었습니다.

"넌 참 멋진 남자야. 널 보면 남자에게 외모는 전부가 아니라는 사실을 알게 된다니까. 너처럼 다정다감하고 마음이 순수한 사람은 없는 것 같아. 넌 좋겠다. 장점이 많아서."

칭찬은 고래도 춤추게 한다더니 인희만 생각하면 용기가 나고 힘이 났습니다. 마음 같아서야 인희 같은 여자와 잘되면 좋지만 그녀는 나와는 어울리지 않는 참 예쁜 여자였기에 용기 낼 수 없었습니다. 나도 가끔 그녀의 고민을 들어주었습니다.

"만난 지 7개월째이고 나이도 있는데 왜 그 사람은 결혼하자는 말을 안 할까? 사실 그 사람이 딱히 좋은 건 아니야. 내 나이에 누구라도 만나고 있어야 할 것 같아서 만나는 거야. 결혼하자고 하면 생각해 보려고 말이야. 근데 결혼 얘기는 꺼내지도 않네."

그러면 나는 진지하게 이야기해 주었습니다.

"그래도 결혼이라는 건 서로 좋아해야 하는 거야. 너의 남은 인생을 거는 건데 나이 찼다고 하지 말고 남은 인생을 함께할 든든한 동반자를 찾아. 급하게 서두르지 말고."

우린 서로 이렇게 상담해 주는 참 든든한 친구였습니다. 그런데 어느 날 인희가 울면서 전화를 했습니다. 그 남자가 헤어지자고, 이젠 자기한테 싫증난다고 했다는 겁니다.

"그런 놈 이제라도 제대로 알게 된 건 네가 착해서, 그래서 복을 받은 거야. 나중에 알아봐. 그럼 어쨌겠어? 너처럼 예쁜 사람한테는 어울리지 않는 아주 찌질한 놈이었어. 바로 잊어버려. 에잇, 그놈을 내가 가서 처단해 주고 올까 보다."

내 위로에도 인희는 수화기에 대고 한없이 울었습니다. 그래서 만나서 한잔하자고 나오라고 했습니다. 그날 술 마시면서 무슨 용기가 났는지 인희에게 말했습니다.

"그냥, 나랑 결혼하자."

"뭐? 지금 농담할 때 아니야."

"농담 아니야. 평생 행복하게 해줄게. 나 믿지? 내가 널 행복하게 해준다고. 이상한 남자 만나지 말고 나랑 결혼하자. 네가 그랬지? 내가 진국이라고. 그래, 인간 진국인 나를 네 신랑으로 삼으라고."

그렇게 나는 인희와 결혼했습니다. 어느덧 결혼 10주년이 다 되어 가지만 우리는 여전히 신혼부부 같고 서로를 상담해 주는 소중한 친구이자 연인입니다.

내 가발을 전부 치워버리고 이제 떳떳하게 햇살 받으며 다니라고 내게 기운을 주는 사랑스런 우리 인희! 인희야, 널 영원히 사랑해.

사랑이란 처음부터 하트 모양으로 '나, 사랑이오' 하고 대령하듯 찾아오는 것은 아니다. 마음의 준비 따위는 할 시간도 없이 뜬금없이 어이없게 황당하게 나도 모르게 시작되고 있다. 처음엔 그냥 친구일 뿐이었는데 어느 날 술자리에 있다 보니 그 애를 보는 눈이 달달해지고 있다. 바로 친구에서 연인으로 진입되는 순간이다.

나도 그 경험의 현장을 구경한 적이 있다. 결혼 전 솔로의 외로움이 천정을 두드리고 있을 때 한 여자 시인이 남자를 소개해 주었다. 소개팅을 앞두고 별 기대는 없었고 무덤덤했다. 뭐 외로움이야 하루 이틀도 아니고 소개해 준다니까 그냥 나간 것이다. 그런데 카페로 걸어 들어온 그 남자는 자체 발광에다 키도 훤칠해서 그야말로 모든 여자들의 눈에서 꿀이 떨어질 것 같은 외모의 소유자였다. 게다가 직장도 번듯한 사람이었으니 끌리는 게 마땅했다.

그러나 이상하게 내 마음은 크게 동하지 않았다. 편하지 않아서였을 것이다. 암튼 그날은 밥을 잘 먹고 헤어졌다. 연락 오면 만나야지 하고 기다렸는데 연락은 오지 않았다. 그런데 몇 달이 지나고 청첩장 한 통이 날아왔다. 소개팅을 주선해 준 시인과 그 남자가 결혼을 한다는 소식이었다. 놀라는 나에게 시인이 미안해하며 "그냥 아무 사이도 아닌 친구였는데 어쩌다 보니 그렇게 됐다"고 했다. 그동안 함께 인생사를 의논하고 고뇌를 나누면서 서로에게 '이만한 짝이 없다'는 걸 깨달았다나. 둘 다 처음에는 이성의 감정이 아니었겠으나 아무래도 다른 여자에게 소개해 주고 돌아서면서 시인은 자기도 모르는 낯선 감정에 놀랐을 것이다.

남녀 사이라면 서로에게 요구하거나 이상적으로 따지는 조건들이 있다. 친구 사이라면 아무래도 그 기준치가 낮다. 있는 그대로를 이해해 주고 고민을 들어주다가 어느 순간 서로에게 가장 필요한 짝이라는 느낌이 돋아날 수 있다. 우정이 사랑으로 발전하는 비결은 바로 이때 상대방을 달라지게 하려고 하지 않는 것이다. 그냥 지금 모습 그대로를 무조건 좋아해 주면 어느 날 두 눈이 하트로 바뀔 수 있다.

짜장면을 입에 묻히며 후루룩 먹다가, 꿈틀거리는 산낙지를 참기름에 발라 소주와 함께 먹다가 문득 한없이 편한 그 느낌이 좋아질 수 있다. 사랑, 그게 뭔데? 이렇게 편하면 되는 거지, 서로 위해 주면 되는 거지, 뭐 별건가? 맞다. 이제 서로 느낌이 통한 것이다. 우정에서 사랑으로 진입한 커플들에게 무조건 박수를 보낸다. 짝짝짝!

냉장고를 잘 옮기는 여자

우리 집 냉장고가 고장이 났습니다. 어머니는 시장에 갔다가 동네 가전제품 매장에 들러 냉장고를 주문하고 왔습니다.

"냉장고 살 거면 나한테 말하지. 온라인에서 싸게 살 수 있는데. 엄마는 그런 거 살 때 나랑 의논 좀 해요, 네?"

"동네에서 사야 고장 나도 바로 달려와 고쳐주고 그러지. 그리고 너같은 백수건달이랑 내가 의논하고 싶겠냐? 냉장고 걱정 말고 네 걱정이나 해!"

"여기서 백수 얘기가 왜 나와요?"

얼마 후 바로 냉장고가 배달되어 왔습니다. 그런데 배달해 주러 온 사람은 남자들이 아니라 모녀 사이로 보이는 중년 아주머니와 젊은 여자였습니다. 여자 둘이서 냉장고 배달을 오다니요. 게다가 젊은 여자는 호리호리해서 참 연약하게 생겼더라고요.

'잘못하다가는 내가 꼼짝없이 옮기게 생겼네. 얼른 방으로 도망가야겠다.'

속으로 이렇게 생각하고 있는데 정말 깜짝 놀랐습니다. 연약해 보이던 젊은 여자가 바닥에 매트를 깔더니 큰 냉장고를 너무나 잘 옮기는 겁니다. 그녀는 금세 바닥 정리까지 다 하고 손을 탁탁 털었습니다.

'이 여자 뭐야? 참 약해 보이는데 어디서 저렇게 차력사 같은 힘이 나오지?'

화장기 없는 얼굴에 키도 아담하고 몸매도 날씬한 여자는 냉장고를 능숙하게 나르고 나서 예의 밝은 얼굴로 간단한 사용법을 설명해 주었습니다. 그러고는 우리 집을 나가며 함께 온 중년 여인의 소매를 잡아 끌었습니다.

"엄마, 다음 장소로 가요. 빨리 배달하고 가서 아버지 밥 차려드려야죠."

그렇게 그들은 돌아갔습니다. 그런데 자꾸 그녀가 생각났습니다.

'왜 자꾸 그 여자가 떠오르지?'

고개를 털어도 자꾸 생각이 났습니다. 며칠 후 직접 전자제품 매장으로 가보았습니다. 마침 그녀가 있었습니다.

"안녕하세요? 며칠 전에 ○○아파트 3동 냉장고 구입한 집이에요."

"네, 기억나요. 잘 쓰고 계시죠?"

"그럼요. 이것저것 집에 필요한 게 몇 개 있어서 둘러보러 왔어요."

"웬만하면 그냥 쓰시다가 사세요. 멈추지 않으면 더 쓰셔도 돼요. 수

리하고 쓰시던가요."

"그렇게 해서 장사가 돼요? 팔 생각을 하셔야죠."

"사주시면 좋지만 꼭 필요가 없는데 바꾸려는 분들도 있거든요. 배달 가면 그제야 환불해 달라고 하는 사람도 있고요."

"그런 나쁜 사람도 있어요? 내가 다 열 받네요."

"앉으세요. 커피 한잔 드릴까요?"

그렇게 우리는 인사를 나누었고 그 후에도 종종 매장에서 함께 이야기를 나누었습니다. 그녀는 보면 볼수록 마치 예쁜 연예인 누군가를 닮은 것 같았습니다. 점점 내 마음속에서 사랑이 커져가는 것을 느꼈고 속이 까맣게 타들어갔습니다. 어떻게든 그녀와 사귀어야겠다고 결심했습니다.

"엄마, 전자제품 뭐 살 거 없어요?"

"넌 전자제품 타령을 대체 며칠째 하는 거야? 전자제품 영업사원으로 나섰냐?"

"그게 아니고요. 우리가 뭘 좀 사줘야 경제가 돌아가죠."

"네 입에서 경제 타령 얘기가 나와? 네가 취직을 해야 우리 경제가 돌아간다, 이놈아!"

"아, 정말! 엄만 답답해 죽겠어."

"네 눈을 보니 이제 알겠다. 너 혹시 가전제품 매장에 있는 여자애 좋아하는 거야?"

"왜 그래요? 그게 말이나 돼요?"

"딴 생각 하지 마. 그 애는 효녀 심청이야. 결혼은 아예 안 할 거래.

아버지가 지금 2년째 누워 있어서 혼자서 그 집 다 먹여 살리고 있잖아. 하기야 혼자 다 짊어지고 있으니 처녀 가장이지. 학교도 다니다 말고 지금까지 그렇게 살고 있대. 독해 보이기도 하고 착해 보이기도 하고."

"엄마, 그게 왜 독한 거예요? 착한 거지."

"네가 취직이 안 되니까 엉뚱한 데 신경 쓰고 그러나 보다. 어서 취직을 해야 제정신이 돌아오지, 쯧쯧."

엄마 말대로 취업 준비 중이라 다른 곳에 마음을 못 두어서 이러나 보다 하고, 취직이 되면 내 짝사랑도 끝나겠구나 싶었습니다. 그래도 나는 늘 그녀의 매장에 고구마나 귤, 집에서 만든 생강차 따위를 가져가서 그녀와 같이 먹었습니다. '이렇게 이 여자와 부부로 살면 인생이 행복하겠네' 싶었습니다.

1년 후 취직이 되었습니다. 그녀가 자기 일처럼 좋아해 주더군요. 회사를 다니며 바쁘게 살다 보면 그녀에 대한 감정이 끝날 줄 알았는데 그녀 생각이 더 많이 났습니다. 그해 크리스마스 이브, 나는 그녀에게 고백을 했습니다.

"지금 들리는 이 캐럴이 평생 행복하게 들릴 수 있게 내가 잘해 줄게요. 겨울에 배달하는 게 너무 힘들다고 했죠? 내가 당신 인생을 평생 따뜻한 봄으로 만들어드릴게요. 사랑합니다."

다행히 그녀는 내 사랑을 받아주었지만 엄마의 지독한 반대에 부딪혀서 달궈진 프라이팬으로 맞기도 했습니다. 그러나 나의 사랑은 식지 않았습니다. 다음 해 크리스마스, 우린 캐럴에 맞춰서 신랑 신부 행진을 했고 우리가 결혼한 후 기적처럼 그녀의 아버지도 회복하셔서 지금

은 우리 아이들을 돌봐주고 계십니다. 여전히 나의 그녀는 배달을 다니
지만 듬직한 종업원을 구해서 일이 훨씬 수월해졌습니다.

  장사가 잘 안 돼서 많이 힘들지? 하지만 네가 결혼할 때 말했잖아.
우린 가난해도 행복할 수 있다고. 욕심이 과하면 안 된다고. 내가 열심
히 일할 테니까 걱정 말고 일상이 행복하면 된 거야. 난 여전히 냉장고
잘 옮기는 여자를 좋아해. 널 말이야. 우리 애들이랑 행복하게 잘 살자.
사랑해.

조지 클루니가 감독한 영화 〈컨페션〉에서 척 배리스라는 남자는 아름다운 여자를 만나자 이렇게 말한다.

"이름을 알려주세요. 본명을 알려주기 싫으면 가명이라도 알려주세요. 내가 힘들 때 외칠 수 있게요!"

사랑하는 여자 한 사람 가슴에 품고 살면 남자는 어떤 것에도 견딜 수 있다. 힘들 때 외칠 이름, 상상만 해도 힘이 날 이름 하나 있으면 행복하다. 발음하는 순간 어떤 파문이 온몸으로 전율하듯 번지는 그런 이름 말이다. 떠올리는 것만으로도 티라미수처럼 사르르 녹아버릴 것 같은 사람. 소년에서 노년까지 남자에게 바로 그런 상대가 한 사람 있다면 죽을 때마저도 행복할 것이다. "그대가 있음으로 난 행복했다"면서 미소 짓고 떠날 수 있을 테지.

사람은 자기에게 잘해 주는 사람을 좋아하게 되어 있다. 나에게 뭔가를 잘 주는 사람, 나에게 잘해 주는 사람에게 마음이 가는 게 사람의 당연한 심리다. 잘해 주는 사람에게 호감을 갖게 되고, 시선이 자꾸 얽히다 보니 인연이 시작되고 숙명이 시작된다.

사랑의 씨앗은 야생과 같아서 언제 어디서 누구의 어깨 위에 내려앉을지 모른다. 시장에서, 서점에서, 전자제품 대리점에서, 혹은 지하철에서, 온라인 동호회에서 씨앗이 날아와 앉을 수 있다. 단, 혼자 밀실에 있기보다는 온라인이든 오프라인이든 얼굴을 내밀어야 기회가 온다. 우디 앨런 감독이 이런 말을 했다.

"성공의 80퍼센트는 얼굴을 들이미는 데 있다."

사랑뿐만 아니라 우정을 유지하기 위해 가장 노력해야 할 첫 번째 자세도 친구들 앞에 나타나는 것이다. 노력하지 않는 한, 구석에 박혀 있는 한, 우정이든 사랑이든 결코 우리 옆에 머물러 있지 않으리라.

누나에게 가는 길

10년 전 고3 때의 일입니다. 다니던 학원에서 대입 면접을 대비해 특별 강사를 초청했다고 해서 생각 없이 교실에 앉아 있었습니다. 그런데 특별 강사가 들어오는 순간 우리 남학생들의 마음에 광풍이 불었습니다. 요즘같이 말하면 수지를 꼭 닮은 발랄한 여자분이 들어왔거든요. 교실 안이 어떤 느낌이었는지 상상이 갈 겁니다. 졸던 친구들은 입가에 묻은 침을 닦으며 몸을 일으켰고 우리 모두 동공이 확 열린 채로 그녀를 맞이했지요. 그녀가 우리를 향해 입을 열었습니다.

"안녕하세요? 저는 A대학에 다니고 있고 여러분들보다 2년 먼저 대학에 들어갔어요. 오늘 제 경험을 얘기해 주려고 왔어요."

그녀의 말이 끝나자마자 여기저기서 탄성이 나왔습니다.

"선생님, 예뻐요!"

그녀는 자신이 알고 있는 논술 지식과 입시 체험을 알려주었습니다. 하지만 내용은 머릿속에 들어오지 않고 그저 그녀가 말하는 모습에 정신이 혼미해졌습니다. 그녀는 작은 소도시인 우리 고향에서 공부 잘하고 예쁘기로 유명한 그야말로 엄친딸이었습니다. 그날 자신의 경험을 바탕으로 한 여러 가지 조언들을 조곤조곤 잘 설명해 주었습니다.

두 시간이 금방 지나갔고 그녀는 교실을 나갔습니다. 그때부터 나는 사랑에 빠져버렸습니다. 다행히 강의 반응이 무척 좋다며 한 번으로 시작된 특강이 몇 번 더 이어졌고 그 덕분에 그녀를 다시 만날 수 있었습니다. 특강이 끝나면 곧바로 학원 건물을 나가는 그녀를 간신히 쫓아가 우연인 척 횡단보도 옆에 섰습니다.

"어, 선생님?"

"맞다. 아까 내 수업 들었지? 이름이 뭐야?"

"준혁이에요, 이준혁."

"준혁아, 공부 열심히 해서 면접 잘 봐야 해. 선생님이 아까 알려준 팁 잊지 말고!"

휴대폰 번호를 물어보려고 했는데 그녀의 남자친구가 차를 몰고 와서 우리 앞에 서는 겁니다. 그러더니 그녀는 "나 가볼게. 조심히 가" 하고 차에 올라타 훌쩍 떠나버렸습니다. 그게 끝이었습니다. 아름다운 그녀는 또다시 향기만 남긴 채 다른 남자의 차를 타고 영영 나를 떠났습니다. 달려가는 차의 뒷모습을 보며 외쳤습니다.

"내 이름 잊으면 안 돼요! 대학 가면 꼭 만나러 갈게요!"

그리고 3년 뒤에 목표하던 대학에 합격해 다니고 있었습니다. 그녀 생각이 났지만 어떻게 알아볼 시간도 없이 그저 바쁘게 대학 생활이 흘러가고 있었습니다. 그러다 예전에 다니던 학원 원장님의 전화를 받게 되었습니다. 그때의 그녀처럼 후배들한테 특강을 좀 부탁한다는 거였습니다. 그때의 추억이 밀려와서 선뜻 하겠다고 했습니다.

학원에서 특강을 하기 전에 원장실에서 잠시 기다리고 있는데 원장님 책상 위에 붙어 있는 수많은 포스트잇 중에 그녀의 이름과 휴대폰 번호가 있는 것이 눈에 띄었습니다. 얼른 그 번호를 휴대폰에 저장했습니다. 처음에는 자신이 없어서 연락하기를 한참 망설이다가 마침내 용기 내어 안부 문자를 보내 봤습니다.

"기억하세요? 3년 전 학원에서 특강 들었던 준혁이에요."

"그럼! 기억하지. 너 친구 신청도 했던데?"

그녀가 궁금해서 미니홈피까지 찾아 친구 신청도 했거든요. 미니홈피에서 본 그녀는 생각보다 참 멋지게 살고 있었습니다. 대학을 수석으로 졸업하고 근사한 직장에 취직했더라고요. 내가 한 계단 올라서면 그녀는 두 계단씩 멀어지는 느낌이었습니다. 마치 화보 같은 그녀의 일상. 그녀의 곁에 서기에는 나 자신이 너무 초라하게 느껴졌습니다. 그냥 첫사랑의 아픔으로, 오랜 짝사랑으로 날려 보내야 했습니다.

그러다 졸업을 하고 취업을 했습니다. 한창 바쁜 연말 송년회 시즌, 친구들과 술을 마시고 막차 시간이 되어서야 겨우 만원 버스에 올라탔습니다. 그런데 거기에 하얀 머플러를 두른 그녀가 있었습니다! 우리는 꽉 찬 승객들 틈에 낀 채 눈이 마주쳤습니다. 승객 몇 명을 사이에 두고 10년 전과 같은 향기에 실려 그녀의 목소리가 들려왔습니다.

"준혁이 아니니?"

"누나……."

기적처럼 버스 밖으로 눈이 내리기 시작했고 각자 고개를 돌려 눈이 내리는 아름다운 한강 다리 위를 바라보았습니다. 그러다 또 눈이 마주쳤습니다. 다음 정류장에서 우리는 무작정 내렸습니다.

우리는 오래전부터 알고 지내 온 사이라도 되는 듯 대화가 잘 통했습니다. 눈을 맞으며 하염없이 걸었고 밤이 다 지나도록 많은 이야기를 나누었습니다. 청순함으로 나를 설레게 했던 그녀는 어느새 성숙한 모습으로 내 가슴을 쿵쾅거리게 했습니다.

"누나, 아직 결혼하지 않은 거 정말 고마워요."

"내 솔로 상황을 왜 네가 고마워하는데?"

"그냥 무조건 고마워요."

그날 나는 자연스럽게 누나의 손을 잡았습니다.

"이제 멀리서 지켜보는 건 그만할래요. 지금부터는 항상 누나 곁에 있고 싶어요."

언감생심 가까이 다가가 말을 걸기도 힘들었던 그녀. 이제는 나의 가장 소중한 연인이 되었습니다. 그녀가 늘 바빠서 기다리는 일이 많지만 지금껏 기다려온 나의 사랑은 기다림에 익숙합니다. 우리는 참 잘 맞는 커플입니다. 만날수록 그녀가 더 좋아집니다. 나는 그녀를, 그녀를 정말 사랑합니다.

13세기가 낳은 이탈리아 최고의 시인 단테는 아홉 살 때 피렌체 귀족의 딸 베아트리체를 만나 첫눈에 반했다. 단테는 그 만남의 순간을 "그 순간 사랑이 내 영혼을 완전히 압도했네!"라고 표현했다.

단테는 애정이 가득 담긴 그윽한 눈빛으로 베아트리체를 보며 황홀감에 사로잡혔고 그날부터 단 하루도 그녀를 잊지 못하고 방황했다. 그러다 9년 만에 정말 우연히도 다시 그녀를 만나 짧은 인사를 나누게 되었다. 하지만 몇 년 후 그들은 각자 집안에서 정해 준 다른 사람과 결혼했다. 단테는 행여나 베아트리체와 다시 인연이 될까 기다렸지만 그녀는 스물네 살의 젊은 나이로 세상을 떠나고 말았다. 그녀의 죽음을 전해 듣던 날, 단테는 절규했다.

"내 시는 앞으로 나오지 못할 것이다. 그녀에 대해 아무것도 쓰지 않으리."

그녀를 볼 희망 자체가 없어졌기에 절망한 단테. 단테는 방황하다 쓴 『신곡』 「천국편」에서 베아트리체를 만나 그녀의 안내로 천국을 유람했다. 그게 바로 단테의 마음이었을 것이다. 단테는 『신곡』을 완성하고 바로 숨을 거두었다. 그는 저 세상에서 베아트리체를 만났을까?

같은 하늘 아래에 내 사랑이 어딘가에 있다는 것은 큰 위안이다. 안을 수 없어도 내 가슴속에 살게 할 수 있으니까 말이다. 게다가 같은 지붕, 같은 천정을 이고 사는 내 사람이 되어 있다면 그것만으로도 최고의 행복권자다. 사랑의 왕관을 씌어드리고 싶다.

Part 4

이뤄질 수 없는 사랑은
이뤄질, 수없는 사랑이 되기도 한다

나란히 적힌 우리 이름

우리는 가난한 학생 커플이었습니다. 가진 것 없고 가족도 없는 나를 여자친구 집에서 좋아할 리가 없었습니다. 내가 가진 것은 그저 건강한 몸 하나뿐이었습니다. 그녀와 가난하지만 행복한 연인으로 잘 만나고 있던 어느 날 불행하게도 나는 신호 위반을 하고 달려오던 차에 치이고 말았습니다. 게다가 평생 반신불수로 살아가야 하는 기막힌 운명까지 닥쳐왔습니다.

당시 모든 것을 포기했기에 그녀에게 이별을 통보했습니다. 이대로 결혼을 하면 평생 짐이 될 것 같아 도저히 함께 살자고 말을 못 하겠더라고요. 그냥 헤어지자고 하면 안 헤어질 것 같아서 "네가 싫어졌다"고 했습니다. 친구들에게도 입단속을 시켰습니다. 사고 소식을 모르는 그녀의 심적 고통은 말도 못했을 겁니다. 친구들로부터 그녀가 사흘 밤낮을 아무것도 먹지 못하고 그리움 때문에 힘들게 지내고 있다는 소식을 전해 들었습니다. 그 소식을 듣고 나는 그저 눈물을 흘리는 수밖에 없었습니다.

오랫동안 재활치료를 받고 퇴원을 했습니다. 학교로 돌아가지는 못하고 장애인 복지관에서 새 일거리를 찾았고 열심히 재활훈련을 받았습니다. 오랜 병실 생활 때문인지 다리 근육이 나무토막처럼 굳어져버려 좀처럼 굽혀지지 않았습니다. 복지관에서 그나마 멀쩡한 손으로 한쪽 다리 힘으로 지탱해 가며 할 수 있는 일은 자동차 정비였습니다. 그 일을 열심히 익혀서 정비사 자격증도 취득했습니다.

그러나 마음속에 묻어둔 그녀를 잊지 못해 저녁마다 쓴 소주를 들이키며 나의 상황을 탓했습니다. 괴로워하며 지내던 중 친구로부터 청천벽력 같은 소리를 듣게 되었습니다.

"주희가…… 결혼을 한대. 근데 상대가 너처럼 장애인이래."

"뭐?"

"하체 마비래, 신랑 될 사람이."

하늘이 무너져 내리는 아픔이 밀려왔습니다.

'널 행복하게 해주려고, 너한테 평생 짐을 주지 않으려고 헤어졌는데, 왜 그런 사람하고…….'

너무나 당황스럽고 견딜 수가 없어서 그녀의 집 앞에 용기를 내어 찾아갔습니다. 초췌한 얼굴의 그녀가 나왔습니다. 그래도 헤어진 지 2년이 지났는데 변한 게 없었습니다. 참 예쁜 사람, 나의 천사 그녀……. 조금 수척해지긴 했지만 여전히 예쁜 그대로의 모습에 나는 슬펐습니다. 내 초라함이 극에 달했으니까요. 좀더 고생 안 시킬 사람에게 시집 가지, 왜 이러느냐고 하는 나에게 그녀가 입을 열었습니다.

"바보야, 아직도 모르겠어? 내가 결혼한다고 거짓말한 거야. 네가 겪은 사고는 이미 2년 전에 알고 있었어. 내가 네 다리 보고 만난 건 아니잖아. 내가 다리가 있잖아. 그럼 되잖아. 왜 몰라? 난 너 없인 못 산다는 것을!"

그래요. 날 찾으려고 그녀가 거짓말을 한 것이었습니다. 이제는 더이상 우리 둘의 마음을 속일 수가 없어서 법적으로 맺어지기로 했습니다. 물론 처가에는 허락을 받지 못한 상태에서 말이지요.

아내 고집대로 혼인신고를 했습니다. 나는 작은 자동차 정비소에서 일하고 아내는 옷 매장에서 일했습니다. 우리는 그저 함께 있다는 걸 꿈같이 생각하며 하루하루 열심히 살았습니다. 그런 우리를 지켜보던 처갓집 식구들도 얼마 전부터 우리 사이를 인정해 주었습니다. 그래서 6년이 넘도록 호적으로만 같이 살던 우리가 지난 가을 결혼식을 올렸답니다.

신랑 김진현, 신부 박주희.

나란히 적힌 우리 둘의 이름이 황홀했습니다. 단 하루도, 아니 단 한 시간도 빠지지 않고 그녀만을 사랑할 것입니다.

"모든 것은 끝난다. 인간에게는 적은 시간이 허용되어 있을 뿐이다."

도연명이 쓴 「귀거래사」의 한 구절이다. 길지 않은 인생, 참 좋은 나만의 사람과 살아야지, 먹어봤자 하루에 세 끼이고 잠을 자봤자 침대 한 칸이거늘, 내가 좋아하는 사람과 결혼해서 삶의 소박한 무늬를 수놓으며 살아야지, 이게 나의 사랑관이었다. 일찍 철이 든 걸까? 욕심을 털어내는 일이 수월했다.

20대 때 다가온 사랑이 있었다. 하지만 5년간 사귀고 헤어졌다. 헤어진 남자는 늦은 나이에 군대에 갔고 군대 가기 전에 이기적으로 굴어서 헤어지자고 했다. 남들이 보면 군대 가기 전에 헤어지는 거라고 볼 수 있겠지만 그건 아니었다. 아주 성격이 강해서 자기 하고 싶은 대로만 하려고 했고 나를 배려할 줄 몰랐다.

헤어지면 시원할 줄 알았는데 내 멘탈에 서대한 쓰나미가 몰려왔다. 오래 만나다 헤어져서 그런지 늘 전화로 "잘자" 하던 인사가 없어진 데 대한 금단현상부터 왔다. '못되게 굴었어도 그는 나의 일상이 되어 있었구나' 싶었지만 나는 견디려고 잊으려고 일에 몰두하기 시작했다.
그러던 어느 날 학창 시절 교수님으로부터 연락이 왔다. 애인이 없으면 소개해 주겠다는 기쁜 소식이었다. 상대는 변호사였다. 키도 훤칠하고 개념도 있어 보이고 산뜻했다. 교수님이 어찌나 내 칭찬을 많이 해놓으셨는지 그는 호감을 전격 표시해 왔다. 다음에 또 만나자고 약속하고 집에 왔는데 웬 편지가 와 있었다. 장문의 편지. 보낸 사람은 군대 간 전 남자친구였다. 부대에서 다쳐서 수도통합병원에 와 있다며 꼭 한 번 와달라는 애원의 편지였다.
문득 그가 불쌍하게 느껴져서 다음날 달려갔다. 딱 한 번만 가주고 말려고 했는데 그게 결국 그와의 재회가 되고 말았다. 변호사의 전화와 메모는 눈에 들어오지 않고 가엾은 옛 친구의 편지에만 마음이 갔다. 그때 떠오른 게 바로 도연명의 「귀거래사」였다. 그래, 뭘 그렇게 오래 살면서 영화를 누려보겠다고. 나를 편하게 해줄 조건 좋은 남자보다는 감정이 동하는 사람에게 가자, 그냥 마음 가는 대로 하자 생각했다. 그가 제대할 때까지 3년간 면회를 다녔고 제대 후 결혼했다. 그리고 참 고생하며 살았다. 후회는 없다.
최근에 집을 사면서 나란히 적힌 우리 부부의 이름을 보았다. 목에 뭔가 시큰한 게 넘어가면서 우리 이름이 아름답게 느껴졌다. 둘이 같이 만들어온 삶의 무늬들이 어느새 아름다워졌기 때문일 것이다.

안을수록 아픈 사람

집안 형편이 어려워서 고등학교를 졸업하고 바로 돈을 벌어야 했습니다. 부모님이 편찮으시기까지 해서 우리 네 식구의 가장이 되어야 했지요. 여기저기 아르바이트로 연명하다가 이모가 예전에 다니던 의류 공장에 취업하게 되었습니다. 많이 힘들었지만 팀장님이 유독 많이 챙겨주었습니다.

"서툴러도 괜찮으니까 천천히 배워요."

"네, 팀장님. 신경 써주셔서 감사합니다."

말이 팀장이지 꽤 젊어 보여서 어느 날 용기를 내어 물었습니다.

"팀장님, 혹시 몇 살이신지 여쭤봐도 돼요?"

정말 나이를 알 수 없었습니다. 팀장이면 서른 살은 넘어야 할 텐데 보기에는 참 어려 보였거든요. 그런데 그의 입에서 뜻밖의 대답이 나왔습니다.

"은정 씨가 스물두 살인가요? 나는 두 살 더 많아요."

정말 놀랐습니다. 젊은 나이에 이런 공장에서 팀장이라니. 유쾌하고 친절한 팀장님은 공장 사람들의 인기도 한 몸에 받고 있었습니다. 나도 살짝 관심이 가긴 했지만 왠지 너무 높은 산이라고만 느껴질 뿐 가까이 다가가진 못했습니다.

어느 날 식사를 하고 일찍 자리로 돌아와 작업을 하고 있는데 팀장님이 화사한 분홍 원피스 한 벌을 가지고 와서는 말했습니다.

"이번에 제가 만든 샘플인데 모델 한번 해주실래요? 공장에 어머니들밖에 안 계셔서 감이 안 잡히네요."

팀장님은 난데없이 원피스를 내밀며 입어달라고 부탁을 했고 나는 거절하지 못하고 갈아입고 나와야 했습니다.

"우와, 분홍색이 잘 어울릴 줄 알았어요! 정말 예쁘네요."

갑작스런 팀장님의 환호성에 놀라기도 했고 많이 수줍어서 나는 금방 얼굴이 빨개졌습니다. 그런데 그때 팀장님이 고백을 하더라고요.

"그 옷 입었으니까 이제 나랑 사귀는 거예요. 알았죠?"

"네? 사귀어요?"

"이 옷 입었으니까 이젠 내 여자친구가 된 거라고요."

그 말이 어찌나 설레고 떨리던지요. 한편으로는 걱정이 되기도 했습니다. 내 형편에 연애라니. 그것도 남부럽지 않아 보이는 남자가 나를 왜 좋아할까 하고 부정적인 생각이 들어 머릿속이 어지러웠습니다.

그날 팀장님이 퇴근 후 약속 시간을 잡았고 우리는 카페에서 첫 데이트를 했습니다. 왜 나와 데이트를 하는지 당황스러워하자 그가 말했습니다.

"좋은데 이유 있어요? 나만 좋은 거예요? 은정 씨도 나 좋아하죠? 그죠?"

순간 내 얼굴이 홍당무로 변했습니다. 그는 내 모습이 귀엽다며 볼까지 꼬집었습니다. 그 후로 팀장님과 급속도로 가까워지면서 공장 사람들의 입방아에 오르게 되었습니다.

"자기가 뭔데 팀장을 넘봐? 우리 딸 소개해 주려고 내가 찜했는데 완전히 여우네, 여우."

듣기 싫은 소리들이 들려왔습니다. 그래도 그가 매일 마음을 고백해 주었고 그와 만나는 시간들이 좋아서 안 좋은 말들은 한 귀로 흘려버렸습니다. 퇴근길에 둘이서 팔짱을 끼고 걷고 있는데 그가 말했습니다.

"저기, 내가 말 안 한 게 있는데요. 공장 말이에요. 우리 아버지가 운영하시는 거예요. 사장님이 우리 아버지예요."

그제야 사람들이 내게 한 모든 행동들이 이해가 가기 시작했습니다. 왜 나를 손가락질하면서 험담을 했는지도요.

"지금 얼굴 표정이 많이 안 좋은데 괜찮아요?"

"이제 알겠네요. 요즘 공장 사람들이 저한테 험한 말을 하는 이유를요."

"그런 게 뭐가 중요해요? 끝까지 우리의 사랑을 보여주면 그런 말은 다 사라지게 되어 있어요. 나만 믿고 따라와요. 알았죠?"

그 사람은 내 손을 꼭 잡더니 긴 입맞춤을 해주었습니다. 나도 이제 그 사람만을 따라가겠다고 생각했습니다.

그런데 며칠 후 업무 때문에 사장님께서 공장에 오셨습니다. 이미 팀장님과 나 사이의 일을 들으셨는지 사장님이 나를 부르셨습니다.

"우리 준성이 이제 유학에서 돌아왔어. 말없이 떠나줘라. 더 이상 말 하지 않겠다. 우리 공장에 내일부터 나오지 마. 준성이한테는 별말 하지 말고. 대신 여기에 가면 일자리를 줄 거야."

사장님은 명함 하나를 던져주었습니다. 그러나 나는 그 명함을 두고 그냥 나왔습니다. 이 사실을 모르는 그는 그날도 계속 미소를 보내며 눈인사를 건넸습니다. 그의 미소를 보니 눈물이 나왔습니다.

결국 공장을 아무 말 없이 그만두었습니다. 그는 영문을 모르겠다며 우리 집을 매일같이 찾아왔습니다.

"도대체 왜 그래요? 알지도 못하는 공장 사람들 말에 우리 힘들어하지 않기로 했잖아요. 나만 보고 쫓아오기로 했잖아요."

그가 애절하게 매달렸지만 나는 냉담하게 말할 수밖에 없었습니다.

"준성 씨가 너무 큰 산이라 품에 안고 있기도 벅차요. 말했잖아요, 부담스럽다고. 이제 그만해요, 우리."

나의 말에 그는 아주 결의에 찬 표정을 지으며 말했습니다.

"그럼 그냥 기대고 있으면 안 돼요? 나를 안으려 하지 말고 그냥 옆에만 서 있으면 안 되냐고요."

"사실 전 한가롭지가 못해요. 저희 집 보이죠? 가족 모두가 저만 바라보고 있어요. 연애를 하는 것조차 제겐 사치라고요."

한 달 내내 그는 나를 설득하다가 돌아가곤 했습니다. 그러다 점점 찾아오는 날이 줄었고 몇 달이 지나자 다시는 모습을 보이지 않았습니다. 그 시절부터 앞만 보고 달려온 11년. 그는 그동안 해외 지사 설립을 도우며 사업을 확장해 나가고 있다는 소식이 들렸습니다.

사랑하지 않아서 떠난 것은 아니었습니다. 그때는 그럴 수밖에 없었습니다. 후회하지도 않고요. 그저 그가 잘되기만을 바라며 멀리서 몰래 응원을 보낼 뿐입니다.

"비극으로 인해 아테네가 더 좋은 도시가 된다."

소크라테스의 말이다. 슬픔은 마음을 깨끗하게 한다. 드라마 작가들은 드라마를 기획할 때 슬픔을 어떻게 만들지 고민한다. 사랑하는 사람들 사이에 어떤 장애물을 만들지 고민한다. 장애가 클수록 드라마는 극적으로 변한다.

사랑은 어떻게 시작되는가. 우선 마음부터 알게 되면 사랑에 장애는 줄어들 것이다. 그러나 사랑은 시각과 청각에서 시작된다. 영국 시인 예이츠의 시에 "술은 입으로 오고 사랑은 눈으로 오나니 그것이 우리가 늙어 죽기 전에 진리로 알 전부"라는 표현이 있다. 평소에는 작업복 같은 옷만 입던 여자가 어느 날 원피스를 입었을 때 남자의 눈에서는 하트가 백만 개 솟구치기도 한다. 그러나 한쪽은 증명된 사랑에도 불안해하고 다른 한쪽은 작은 사랑의 증거에도 용기를 얻으며 서로 균열하는 시기가 온다. 장애물을 잘 넘는 사랑이 있는가 하면, 넘다가 쓰러지기도 하고, 아니면 아예 장애물이 무서워 일찌감치 포기하기도 한다.

〈사의 찬미〉를 부른 성악가 윤심덕이 운명의 남자 김우진을 만난 것은 관비 유학생으로 동경대에서 성악을 전공하던 때였다. 일본 유학생들 중에서 그녀의 눈에 김우진이라는 남자가 들어왔다. 김우진의 카리스마 넘치는 모습과 진실한 배려에 그녀의 마음은 송두리째 흔들렸다. 하지만 김우진은 이미 결혼한 남자. 고향에는 정혼한 아내와 아이까지 있었다. 윤심덕은 김우진을 진정으로 사랑했지만 가정이 있는 그에게 더 이상 기댈 수는 없었다. 김우진 또한 윤심덕을 사랑했지만 어쩔 수 없는 상황 때문에 괴로워했다. 김우진을 향해 도무지 더는 다가갈 수 없는 마음을 안고 윤심덕은 고향으로 돌아왔다. 그녀의 공연은 늘 초만원이었지만 김우진이 없는 곳은 늘 허허벌판처럼 외롭고 공허했다. 그녀는 다시 일본으로 갔고 때마침 일본에 와 있던 김우진과 재회하게 되었다. 하지만 두 사람의 사랑은 결국 비극으로 끝이 났다. 부산으로 떠나는 연락선에 몸을 싣고 함께할 수 없는 사랑에 가슴 아파하다가 바다 위로 몸을 던지고 만 것이다. 파도는 그들을 삼키고 그들의 사랑도 삼켜버렸다. 생전에 윤심덕은 이렇게 말했다.

"숨어서 사랑을 나누는 세상은 너무나 불공평하다."

이룰 수 없는 사랑은 슬프다. 그러나 처음에는 이룰 수 없는 사랑이더라도 인생의 2막에서는 이룰 수 있는 사랑이 될지는 아무도 모를 일이다. '이뤄질 수 없는 사랑'은 띄어쓰기만 살짝 바꿔도 '이뤄질 수없는 사랑'이 되지 않는가.

저 포기 안 해요

그를 처음 만난 건 2001년 어느 따뜻한 봄날이었습니다. 친구들과
수다를 떨고 있는데 우리들 앞으로 원빈처럼 잘생긴 남자가 지나갔습
니다. '저 사람 누구지?' 하고 궁금해하는데 친구가 말했습니다.

"정민 오빠야. 97학번 선배인데 이번에 복학했대. 너 관심 있어?"

"응! 완전 마음에 든다."

그때 나는 이미 사랑에 빠져버렸습니다. 개강을 하고 토익 시험과
학과 공부 때문에 부지런히 시간을 보내고 있을 때였습니다. 친구가 희
소식을 전해 왔습니다.

"너 전에 정민 오빠 마음에 든다고 했지? 그 오빠가 우리 동문회 선
배더라. 내가 소개시켜 줄까?"

그렇게 그와 소개팅 자리에서 만났습니다. 우리는 밥도 먹고 영화도

보면서 가까워졌습니다. 얼굴만 원빈을 닮은 것이 아니고 말투도 똑같았습니다. 그의 포근하고 적극적인 태도 덕분에 우리는 금방 친해졌습니다. 학교에서도 공식 캠퍼스 커플이 되어 진한 데이트를 많이 했지요. 4학년 2학기를 마치기 전에 나는 무역회사에 취직해서 사회에 먼저 나가게 되었습니다.

"오빠, 나 취직했어. 큰 무역회사야. 나 자랑스럽지?"

"우리 지영이 멋진데! 오빠도 4학년 되면 빨리 좋은 회사 취직해야겠다."

"대신 나 없는 동안 어린 여대생 만나면 안 돼."

"별 걱정을 다 한다. 난 공부만 열심히 할 거야."

그렇게 내가 먼저 직장 생활을 시작했고 그도 1년 후 철강회사에 입사했습니다. 우리는 직장 생활을 하면서도 서로만을 바라보며 열심히 살았습니다. 그런데 우리에게, 아니 그에게 큰 시련이 찾아왔습니다. 그가 지방 발령을 받은 것까진 괜찮았는데 그러면서 직장 생활에 많이 괴로워했습니다.

"너무 힘들다. 죽을 것 같아."

그는 업무도 힘들었지만 특히 상사 때문에 더욱 힘들어했습니다. 무엇보다 그의 곁에 내가 없어서 참 외로워했습니다. 지방에 있으니 때마다 달려갈 수도 없고, 나도 안타깝고 속이 상했습니다.

어느새 나는 서른 살, 그는 서른두 살이 되었습니다. 나이가 차니까 엄마가 결혼을 독촉해서 아무래도 결혼 얘기를 적극적으로 해봐야겠다는 생각이 들었습니다. 그에게 전화를 했습니다. 수화기 너머로 술에 취한 목소리가 들려왔습니다.

"꺽, 우리 지영이네. 내 사랑 지영이."

"오빠, 지금 어디야? 이 시간까지 술 마신 거야?"

"응, 지금 집이야. 집에서 딱 한 잔 했지."

"그러다 몸 상해. 조심해."

주말이 되자 그에게 달려갔습니다. 일이 바빠서 한동안 못 만났는데 오랜만에 가본 그의 자취방은 엉망이었고 방 안에 술병들이 늘어져 있었습니다.

"이게 다 뭐야? 오빠, 왜 이래 정말……."

"왔어? 그냥 소주 딱 한 잔만 하고 있었어."

술에 취해 정신없는 그를 침대에 뉘이고 물수건으로 얼굴도 닦고 손발도 닦아주었습니다. 그러고 나서 집 안에 있던 술병과 쓰레기를 다 치우고 집으로 돌아왔습니다. 너무 속상해서 그의 어머니에게 전화를 걸었습니다.

"어머니, 저 지영이에요."

"그래, 지영이구나. 지영아……."

어머니가 울먹이셨습니다.

"어머니, 왜 그러세요?"

"우리 정민이가, 정민이가 회사를 그만두었다고 하더구나."

"그만두다니요? 무슨 말씀이세요?"

"몰랐니? 정민이가 회사 그만두고 요즘 술독에 빠져 사는 거. 아무리 뭐라고 욕하고 부탁을 해도 그냥 술만 마신단다. 어쩌면 좋니?"

어머니의 울음소리에 머리가 멍해졌습니다. 그가 직장 생활에서 오는 스트레스 때문에 그냥 힘들어하는 줄만 알았지 이 정도로 심각한지는 몰랐습니다.

회사에 휴가를 내고 다시 그가 있는 곳으로 달려갔습니다. 그날도 술에 취해 침대에 쓰러져 자고 있었습니다. 자고 있는 그를 흔들어 깨워 어찌된 일인지 물었습니다. 그는 술과 잠에 취해 겨우 이야기를 꺼냈습니다.

"바로 위 고참이 날 못 잡아먹어서 안달했어. 회의 때마다 내 이름이 거론되면서 실력이 있느냐 없느냐 몰아붙이고. 그래서 나 회사 그만뒀어. 미안. 너한테 도저히 입이 안 떨어지더라."

"그래, 좋아. 회사는 그만둘 수 있다 치자. 그런데 이 술병들은 뭐야? 그리고 지금 이 모습은 뭐냐고."

"힘드니까 술밖에 친구가 없네. 정말 미안해."

그제야 모든 상황을 제대로 알 수 있었습니다. 이미 그는 술을 이기지 못하는 사람이 되어 있었고 모든 것을 포기한 상태였습니다.

잠자리를 잘 챙겨주고 혼자 돌아오면서 참 많이 울었습니다. 오는 길에 다시 그의 어머니에게 전화를 걸었습니다. 직접 눈으로 본 상황을 말씀드리자 어머니는 울면서 "정민이는 내가 알아서 할 테니까 넌 너의 삶을 찾아가"라고 하시며 미안해하셨습니다.

나는 그냥 울다가 전화를 끊었습니다. 그날 이 생각 저 생각 하느라 잠을 한숨도 자지 못했습니다. 다음날 날이 밝자 정신을 차리고 알코올 중독에 대해서 검색하고 또 검색해 보았습니다. 그렇게 며칠 정보를 찾으며 공부한 후 그의 어머니에게 다시 전화했습니다.

"어머니, 저 포기 안 해요. 정민 오빠, 포기 안 한다고요."

"그게 무슨 말이니?"

"저 오빠와 평생 같이 갈 거예요. 오빠 병 고칠 거예요."

멀리서 어머니의 흐느끼는 소리가 들렸습니다. 전화를 끊고 나는 곧바로 그의 자취방을 찾아갔습니다. 그리고 둘이 진지하게 이야기를 나누었습니다.

"오빠, 나 사랑해?"

"사랑하지. 근데 이제 그만 날 떠나라. 미안하다. 이런 모습이라."

"그런 말 하지 마. 그렇다고 날 포기한다고? 이렇게 괜찮은 여자를?"

나는 억지로 웃어 보였습니다. 하지만 결의에 찬 표정이었습니다.

"그게 널 위한 일이라면……그렇게 해야지."

"됐고. 난 원빈이랑 결혼할 거니까 대신 오빠는 내가 시키는 대로 한다고 약속해."

"원빈? 하하! 오랜만에 들어보는 말이네. 그래, 시키는 대로 할게."

우리는 손가락을 걸고 약속했습니다. 그와 처음으로 찾아간 곳은 인터넷에서 찾은 알코올 중독 전문 병원이었습니다. 그는 그곳에서 6개월 동안 치료를 받았습니다. 약물 치료와 정신 치료를 받으며 잘 버텼지만 술에 대한 유혹 때문에 힘들어했습니다. 옆에서 지켜보는 나도 낮이 지쳐갔지요. 그가 가끔씩 원빈이 아닌 원숭이처럼 보이기도 했습니다. 무엇보다 나를 더 힘들게 한 건 엄마의 성화였습니다. 그는 늘 미안해하면서 내가 떠나도 할 말이 없다고 했습니다. 그러면서도 내 말을 잘 따라주었습니다.

　이제는 거의 치료가 다 된 상황입니다. 내 말을 듣고 노력해 주고 이겨내려고 애써준 그에게 늘 고맙고 사랑한다고 말하고 싶습니다. 지금 흘리는 이 눈물들이 나중에는 분명히 웃음으로 바뀔 것이라고 우리는 믿고 있습니다.

연애 중인 커플 중에도 조강지처들이 있다. 사랑하는 남자와 모든 걸 함께하고 그에게 고난이 닥치면 도망가지 않고 그의 편에서 희생하는 여자. 언젠가 그녀는 조강지처에서 호강지처가 될 것이다. 단, 생색만 내지 않는다면 말이다. 마치 마누라라도 되는 것처럼 간섭하려 들지 않는다면 말이다.

조강지처는 잘나갈 때 드러나는 게 아니라 고생할 때 드러난다. 사랑하는 남자에게 소울 메이트가 되는 것은 멋진 일이다. 존 레논의 그녀, 오노 요코도 진정한 소울 메이트였다. 처음에는 존 레논의 부인으로 사생활이 전혀 없어진 데 대한 부담을 느끼고 별거를 했지만 18개월 후 존 레논은 "우리의 별거는 실패였음을 선언합니다"라고 말했고, 그들은 재결합했다. 사랑은 사람을 변화하게 한다. 오노 요코가 마흔두 살의 나이에 임신해서 아들을 낳자 존 레논은 육아 담당을 자치하고 빵을 굽고 아이를 돌보았다.

그들은 그렇게 존 레논이 살아 있는 내내 서로의 영혼을 이해해 주던 진정한 소울 메이트였다. 목숨이야 하늘이 정하는 것. 사랑의 종점이란 그저 생이 끝날 때까지 사랑하는 사람의 소울 메이트로 다정하게 살다 가는 것이다. 누구에게나 단점은 있다. 과거 없는 성인 없고, 미래 없는 죄인 없다지 않은가. 완벽한 사람은 없지만 그 옆의 누군가가 빛이 되어주면 그 사람의 인생도 빛이 나는 법이다.

보름달 50만 개는 있어야 태양 한 개에 비유될 수 있다는데 그만큼 태양의 밝기는 대단하다. 굳이 태양이 졌다가 다시 새 태양이 뜨는 이유가 있을 것이다. 아마도 다시 힘을 내는 연인들에게 새롭게 힘을 부여한다는 그런 뜻이 아닐까.

못 오를 나무인가요

어렸을 때부터 교회를 다녔습니다. 교회는 늘 친숙하고 경건하면서도 편한 공간이었습니다. 그런데 교회에서 한 여자가 자꾸 눈에 들어오기 시작했습니다. 나도 모르게 예배 중에도 자꾸만 그녀를 보게 되더라고요. 뒤에 앉아서 그녀의 뒷모습을 보는데도 저절로 마음이 두근두근 떨렸습니다.

그날도 예배 중에 그녀만 보고 있었는데 그녀가 갑자기 뒤를 돌아보는 거예요. 나는 얼른 눈을 피해서 목사님 쪽을 바라보았습니다. 뭔가를 들킨 것처럼 얼굴이 빨개졌습니다. 예배를 마치고 집에 가는데 누군가 따라오는 것 같아 뒤돌아보니 그녀였습니다. 당황해서 고개를 돌리자 그녀가 다가와 말을 걸었습니다.

"혹시 지금 시간 되세요?"

"네? 네, 시간은 되는데, 왜요?"

"정말 시간 되는 거예요? 그럼 영화 한 편 보여주지 않을래요?"

"네…… 그럼 시간 되면 연락하세요."

내 붉어진 얼굴을 들키기 싫어서 빠른 걸음으로 막 뛰어와버렸습니다. 그런데 달리면서 생각해 보니 내가 한 대답이 너무나 황당했습니다. 지금 시간 되면 영화 보여달라는 말이었는데 시간 되면 연락하라고 하고 뛰어오다니. 너무도 어이가 없고 떨려서 모든 세포가 마비되는 느낌이었습니다.

사실 그녀를 아주 많이 좋아했지만 그녀에게 다가갈 수가 없었습니다. 나는 고등학교를 간신히 졸업하고 겨우 얻은 직장에 다니고 있었고 그녀는 의대를 다니고 있었습니다. 그런데 다음날 그녀에게서 전화가 왔습니다.

"여보세요?"

"저예요. 혹시 오늘은 시간 되는 거예요?"

"아, 네. 오늘 시간 돼요."

"또 도망가는 건 아니죠?"

"어제는 죄송했어요."

그녀와 통화하면서 어찌나 떨리던지요. 그날 그녀와 영화를 보던 내 마음이 어땠을지 상상이 갈 겁니다.

우리는 서로 참 잘 통했습니다. 놀랍게도 하루도 안 거르고 매일 만나는 사이로 발전했습니다. 그런데 바쁜 공부 와중에 밤늦은 시간이나 새벽에 전화기를 붙잡고 사는 딸을 보면서 그녀의 어머니가 눈치를 채

신 모양입니다. 그녀의 어머니가 나를 만나러 오셨습니다.

"우리 딸은 의사가 될 아이예요. 총각도 잘 알 거예요. 아무래도 여러 가지 면에서 우리 딸과 그쪽이 어울리지 않을 거라는 거. 나 그냥 찾아온 거 아니에요. 내가 혹시 한 젊은 사람의 마음을 힘들게 하는 건 아닌지 몰라서 기도도 해보고 생각하고 또 생각해 보다가 이렇게 만나러 왔어요."

"네, 당연합니다. 죄송합니다."

"죄송할 건 없어요. 우리 딸이 그쪽을 많이 좋아하는 거 잘 알고 있어요. 내가 이런 말을 한다는 것 자체가 그쪽을 힘들게 한다는 것도 알고 있고요. 하지만 더 힘들어지기 전에 이쯤에서 알아서 행동해 주었으면 해요. 그럼 난 그쪽만 믿고 먼저 일어날게요."

"걱정 마세요. 저도 잘 알고 있습니다."

어머니 마음이 너무나 이해가 되었습니다. 미안한 마음이 들어 더이상 그녀를 만나지 않으려고 했습니다. 그런데 하루 일과를 끝낼 때도, 잠자리에 들 때도 매일 그녀의 목소리를 들으며 지내왔기에 헤어지는 건 정말 힘든 일이었습니다. 마침내 그녀의 어머니로부터 불호령이 떨어졌습니다.

"사람 그렇게 보지 않았는데 약속도 안 지키고. 그동안 우리 애를 계속 만났다면서요? 이래도 되는 거예요?"

"죄송해요. 노력하겠습니다. 죄송합니다……."

그녀의 어머니 때문이 아니라 내 생각이 그랬습니다.

'여기까지다, 여기까지. 여기서 그만하자.'

대학 문턱에도 못 가보고 보잘 것 없이 살아온 나로서는 예쁘고 밝고 미래에 유능한 의사가 될 그녀를 꿈꾸어서는 안 된다고 생각했습니다. 아무래도 이건 아닌 것 같았습니다. 그 후 그녀의 전화를 거부하고 교회에 갈 때도 그녀가 오지 못하는 시간에만 나갔습니다. 그녀는 자기 어머니가 나를 만난 사실을 알고 나 없이는 공부도 안 하겠다며 어머니와 크게 다투었다고 합니다.

그녀의 반항은 어머니를 더 화나게 했고 급기야 어머니는 그녀를 교회에도 못 나가게 했습니다. 마음 같아서는 내가 어디로 증발해 버리고 싶었습니다. 그러나 어렵게 다니게 된 회사를 그만둘 수는 없어서 그냥 회사 일만 묵묵히 열심히 하기로 했지요. 매일매일 눈물방울이 손등 위로 떨어졌습니다. 그러다 교회 목사님이 이 모든 사실을 아시고 그녀의 어머니를 찾아가셔서 말씀하셨습니다.

"보기 드물게 성실하고 훌륭한 청년입니다. 형편이 안 돼서 공부를 계속하지 못했지만 제가 보증하는 아주 괜찮은 사람입니다. 그냥 사귀는 것까지는 허락해 주세요. 사귀어보고 서로 더 알아본 후에 앞날을 결정할 수 있게 해주시면 어떨까요?"

감사하게도 목사님은 그녀를 진정으로 평생 사랑해 주고 아껴줄 수 있는 사람이라고 나에 대해 좋은 이야기만 잔뜩 해주셨습니다.

그녀도 눈물로 호소한 끝에 결국 우리는 다시 만나기 시작했습니다. 그리고 우리 두 사람의 흔들리지 않는 사랑으로 결혼도 하게 되었습니다. 그녀의 고집이 워낙 강해서 가족들도 어쩔 수 없었다고 합니다. 결혼하던 날, 그녀도 나도 떨어지지 말자며 서로 부둥켜안고 울었습니다.

지금은 어느덧 결혼한 지 8년이 되었습니다. 아내는 내과의사가 되었고 나도 회사에 잘 다니면서 예쁜 두 딸과 함께 나름 재미있게 살고 있습니다. 지금은 장모님도 참 많이 아껴주시고 사랑해 주셔서 행복합니다. 나와 결혼해 준 아내에게 고맙다는 말을 전합니다.

영화 〈인 디 에어Up in the air〉에서 20대 여성 나탈리는 이상
형을 이렇게 표현한다.

"대졸. 금융업 종사. 강아지와 영화를 좋아하고, 갈색 머리
에다 주말에 야외 활동 하는 것을 즐기고, 이름도 데이브
나 존과 같이 단음절인 남자."

그러자 40대 여성 알렉스가 말한다.

"내 나이쯤 되면 신체적 조건은 안 보게 돼. 또라이가 아니
면 되고, 가족이 착하면 좋겠고, 애들하고 놀아줄 만큼 건
강하면 좋겠고, 나보다 돈 많이 벌면 좋겠고, 그 정도야."

영화에서든 현실에서든 우선 사람의 외적인 조건을 바라
보는 경우가 많다. 키를 가장 우선으로 보는 사람이 있는
가 하면, 학벌을 가장 먼저 보는 사람이 있고, 비주얼보다
유머감각이나 성격을 중요하게 생각하는 사람도 있다.

여자들은 남자의 직업이나 학벌에 굉장히 민감한 편이다.
학벌이 자기와 비슷하거나 더 좋기를 바라는 여자들이 많
은데 가끔 학벌에 대한 편견을 완전히 타파하는 개념 있는
여자들도 요즘 적지 않다. 내 절친 후배도 그런 경우다. 외
국의 명문대에서 박사학위를 받은 그녀는 귀국해서 처음

가입한 동호회에서 한 남자를 좋아하게 되었다. 그는 대학을 나오지 않았고 아직 직장도 없는 상황이었다. 남자가 부담감을 가질까 봐 박사학위 소지자인 것을 숨긴 채 만났다. 대학 전임교수가 되고 나서야 남자에게 솔직하게 밝혔다. 남자는 크게 놀라 헤어지려고 했지만 이미 둘의 사이가 깊어진 상황이었고 그녀의 애타는 사랑의 호소에 힘입어 결혼에까지 이르렀다.

영화 〈물랑 루즈〉에 나오는 대사 "그녀가 세상에 있어 삶은 아름다웠다"라는 말이 떠오를 정도로 현실에서도 특별한 커플들을 가끔 만난다. 사랑하는 사람이 있어서 아름다운 세상이라는 걸 보여주는 사람들이 분명 있다. 대만 영화 〈말할 수 없는 비밀〉에서 여자 주인공이 묻는다.

"한 손으로 피아노 치는 걸 좋아하나 봐?"

그러자 남자 주인공이 건넨 말.

"그래야 한 손으로는 너의 손을 잡을 수 있잖아."

그 사람에게 달려가는 길에 나도 모르게 가속 페달을 마구 밟게 되는 그런 사랑. 사랑한다고 참 많이 말해서 귀에 딱지가 앉지 않을까 걱정되는 그런 사랑. 사랑하기에 이 세상이 정말 따뜻한 곳임을 느끼며 문득 가슴이 충만해져온다.

너를 잃고 싶지 않았어

　연애 경험도 없이 30대를 맞은 나는 주위 사람들에게 "좋은 사람 있
으면 소개 좀 해줘"라는 말을 노래 부르듯이 하고 다녔습니다. 그러던
중 지인의 소개로 한 남자를 만났습니다. 소개팅 장소에 나타난 그 사
람은 유난히 마른 체형에 한 사이즈 큰 옷을 입고 있었습니다. 아무 말
도 없이 앉아 있어서 주로 내가 질문을 했습니다.
　"저는 책 읽는 것도 좋아하고 집에서 뭐든 만드는 것도 좋아하는데
그쪽 취미는 뭐예요?"
　"아, 저도 같습니다. 독서 좋아합니다."
　묻는 말에만 대답하고 그다지 대화를 이끌어갈 줄 모르는 남자였습
니다. 표정이나 눈빛으로 보아서 성격이 원래 그런 것 같았습니다. 잘
나서지 못하고 수동적이면서 둘 사이에 침묵이 흐르는 게 어색해서 어

쩔 줄 몰라 하는 순수한 남자였습니다. 커피를 마시면서 어색함이 좀 가실 때쯤 내가 먼저 제안했습니다.

"영화 보러 갈까요?"

"좋죠. 네, 좋습니다."

소개팅 첫 날은 영화를 보고서 헤어졌습니다. 그 후에 만나도 상황은 비슷했습니다. 밥 먹으러 가서 내가 말을 걸고 그는 대답하고 영화를 보고 나와서 차 마시고 헤어지고…… 몇 번을 만나면서 30대 중반의 나이에도 동안의 외모와 순수함, 그리고 책임감 강한 모습이 보여서 그와 결혼하기로 마음먹었습니다.

다행히 그 사람도 나를 많이 마음에 들어했습니다. 시부모님도 좋으신 분들이라 아무런 마찰 없이 결혼은 순탄하게 진행되었습니다. 신혼여행 가는 비행기 안에서 그의 손을 꼭 잡고 창밖의 구름을 보면서 생각했습니다.

'아, 행복하다. 앞으로 행복한 일만 남았을 거야.'

꿈같은 신혼생활과 미래의 우리 아이들까지 떠올리며 맘껏 단꿈을 꾸었지요. 그러나 그 기분은 신혼여행 둘째 날에 산산조각이 났습니다. 첫날밤을 지내고 단잠에 푹 빠져 있던 새벽, 그가 갑자기 발작을 일으켰습니다. 사지가 뒤틀리고 눈이 돌아가고 입에서는 거품이 일고…… 그 사건은 나를 완전히 공포로 몰아갔습니다.

'어쩌지? 우리 인연은 없던 걸로 해야 하나?'

울면서 뜬눈으로 밤을 지새웠습니다. 친정 식구들에게 바로 얘기할 수도 없었습니다. 딸을 시집보내고 한시름 놓고 있을 부모님에게 도저히, 도저히 말할 수 없었거든요. 다행히 남편의 증세가 가라앉아 나머지 일정을 눈물로 마치고 귀국했습니다.

그제야 시부모님이 전말을 전해 주었습니다. 몇 년 전 사고로 간질 증세가 왔지만 증세가 호전되어 괜찮다고 판단했다는 것입니다. 그런데도 혼사를 진행한 것에 대해 면목이 없다고 하시면서요. 그 사람도 나를 똑바로 보지 못하고 고개를 돌리며 말했습니다.

"아직 혼인신고를 하기 전이니 당신이 결정하는 대로 따를게. 몇 년간 증상이 나타나지 않아서 나도 설마했어. 그래도 몰라서 내가 나중에 혼인신고를 하자고 한 거야."

"왜 나한테 미리 말하지 않았어? 왜? 왜 말하지 않았냐고!"

"미안하다. 너를 잃고 싶지 않았어."

"그래도 이건 아니잖아. 배신감에 내가 미치겠어. 나를 믿지 못하니까 미리 말 못 한 거 아니냐고!"

"정말 괜찮아진 줄 알았어. 미안해. 근데 당신이 긍정적으로 생각해 줄 순 없을까? 나 당신이 정말 좋아."

마치 세상에서 가장 못할 짓을 한 사람처럼 고개를 떨구는 그가 미웠습니다. 죄책감에 무너지는 그가 안쓰럽기도 했지만 시댁에 배신감을 느꼈고 내 마음은 원망으로 가득 찼습니다. 친정에는 내가 마음의 결정을 한 뒤에 이야기해야겠다고 생각했습니다. 우선 혼자 생각하는 시간을 갖기로 했습니다. 그런데 자꾸만 그의 눈빛이 떠올랐습니다. 긍정적으로 생각해 달라는 그의 말을 도저히 뿌리칠 수 없었습니다.

'살면서도 예기치 못한 사고로 힘들어질 수 있는데 미리 겪은 일이

라고 생각하자. 그래, 우리가 만난 후에 생긴 일이라고 생각하자.'

이렇게 마음을 다잡기로 결심했습니다. 며칠 후 그가 다니던 병원에 같이 가서 상담받으며 의사에게 물었더니 다행히 유전은 아니라는 말을 들었습니다. 괜히 그런 질문을 한 것이 그에게 너무 미안했습니다. 그도 인생 중간에 갑자기 사고로 얻은 병이었습니다. 자기 탓도 아닌데 스스로를 죄스러워하는 그가 안타까웠습니다.

이게 벌써 5년 전의 일입니다. 지금은 두 돌 된 아들을 낳아 잘 살고 있습니다. 드물게 증세는 있지만 남편이 잘 관리하고 있어서 큰 무리 없이 살고 있습니다. 지금도 시부모님과 나 말고는 아무도 모릅니다.

남편은 참 좋은 사람입니다. 소심해서 그렇지 법 없이도 살 정말 선한 사람입니다. 이런 사람에게 왜 이런 병이 와서 괴롭히는지 모르겠습니다. 그가 잘 나을 수 있도록, 병으로부터 완전히 해방될 수 있도록 곁에서 내가 잘하려고 합니다. 가끔 힘든 마음이 들 때도 있지만 선택에 책임질 줄 아는 좋은 아내, 엄마가 되어야 한다는 생각에 마음을 다잡습니다.

인생이란 만남의 여정이다. 만남의 대상이 다 마음에 쏙 들면 얼마나 좋으랴마는 그 중에는 단순한 관계가 아니라 마치 전생의 업을 풀기 위해서 만나는 듯한 사람도 있다. 업보를 기독교 식으로 말하면 십자가가 될 것이다. 누구든 사람의 십자가는 지게 되어 있다. 결혼을 하면 배우자라는 십자가를 인생 내내 짊어지고 걷기도 한다.

업보든 십자가든 피할 수 없으면 기꺼이 짊어지고, 즐겁게 풀고 가자는 생각이다. 어떤 업을 풀기 위해 배우자라는 상대로 나타났는지 모른다. 밉다고 싫다고 하면서도 기꺼이 위하며 살고 있으니 말이다. 나도 모르게 사람으로 인한 십자가를 지고 끙끙 언덕을 오르고 있다면 그건 내 인생의 몫이라 생각하고 풀어가야지. 그래, 업보를 풀어가는 일은 숭고한 것이다!

유미리 작가는 "사랑이란, 피를 흘린 만큼 타자에게 관여하는 일"이라고 하지 않았는가. 사랑을 하면 남의 인생이 내 인생이 된다. 어쩌면 산다는 것은 극작가 이노우에 히사시가 말한 것처럼 "그물처럼 얽히고설킨 인연에 대드는 일"일지도 모른다.

친구의 친구

대학 시절 합창반 공연을 하고 뒤풀이 자리에 갔습니다. 그날 공연도 잘 마쳤고 보러 온 지인들도 많아서 다들 고무되어 있었습니다. 내 단짝 성재는 교회 친구들을 초대했는데 그중에 한 여자가 내 눈에 들어왔습니다.

"안녕하세요? 옆 학교에 다니는 성재 친구예요. 오늘 공연 정말 멋졌어요."

키가 큰 편이었고 크게 꾸미지 않는데도 멋을 풍길 줄 아는 여자였습니다.

"성재와는 어떤 사이예요? 단순히 교회 친구는 아닌 것 같아요."

내 물음에 그녀가 대답했습니다.

"그냥 교회 친구 맞아요."

'친구'라는 말을 강조하는 듯한 그녀 옆에서 성재는 서운해하는 기색이 역력했습니다. 성재가 그녀를 많이 좋아하고 있다는 것을 느낄 수 있었습니다.

그녀는 웃는 모습이 참 해맑았고 청순하기도 하고 털털하기도 했습니다. 그동안 '내게 여자친구가 생긴다면' 하고 생각할 때마다 꿈꾸던 타입이었습니다. 하지만 절친 성재가 좋아하는 여자니까 그냥 친구로 생각해야겠다고 다짐했습니다. 내게도 예의와 매너란 게 있으니까요. 몇 달 후 성재와 그녀는 마침내 공식 커플이 되었습니다. 교회에도 다 알려졌고요. 나도 그녀 같은 괜찮은 여자가 또 있을까 해서 교회에 나가기 시작했습니다.

성재와 나는 4학년이 되었고 그녀는 졸업하고 대기업에 취직했습니다. 신입사원인 그녀가 바쁘다 보니 성재와 다투는 날이 많아졌습니다. 그녀는 나를 아주 편한 친구로 생각했는지 성재와 다툰 날이면 나를 찾아와 의논하며 눈물을 보이기도 했습니다. 그러다 성재가 6개월간 미국에 교환학생으로 가게 되었습니다. 성재는 그녀를 많이 좋아했습니다. 외국에 나가 있어도 늘 그녀를 챙겼지요.

그러면서 조급한 마음이 들었는지 그녀에게 툭하면 서운한 감정을 드러내고 그녀에게 구속을 가했습니다. 남자들을 개인적으로 만나는 것은 절대로 안 된다, 왜 이메일은 안 보내느냐, 그날 스케줄은 왜 안 알려주느냐 하면서 화내고 짜증까지 냈습니다. 그녀의 얼굴은 어둡게 변해 갔습니다. 두 사람은 크게 싸웠고 참다 못한 그녀는 성재에게 헤어지자고 했습니다. 성재는 그녀를 설득했고 잘 안 되니까 나더러 그녀를 만나 얘기 좀 잘 해달라고 부탁했습니다. 나는 그녀의 직장 근처로 가서 그녀를 설득해 보았습니다.

"성재가 너를 사랑해서 그러는 거야. 성재 마음 몰라? 네가 너무 예쁘니까 성재가 불안해서 그래."

그녀가 눈물을 보이며 말했습니다.

"그렇다고 날 이렇게 힘들게 해? 이건 아니지. 내가 이메일을 별로 안 좋아하는 걸 알면서 자꾸 강요하고 못살게 굴잖아. 그것뿐만이 아니야. 정말 어떻게 해야 할지 모르겠어. 너무 힘들어."

그녀를 몇 번 만나면서 느낀 점은 성재가 그녀를 좋아하는 만큼 그녀는 성재를 좋아하지 않는다는 사실이었습니다. 성재가 적극적으로 대시해서 그녀가 여자친구가 되긴 했지만 그녀는 성재의 마음과 같지 않았습니다. 그런데 성재가 자꾸 압박하니까 더 도망가고 싶어 하는 것이었습니다. 차마 성재에게는 이런 내 생각을 전하지 못했습니다.

그러는 사이 성재가 한 달 앞당겨 귀국했습니다. 성재는 공항에서 바로 그녀가 다니는 회사 쪽으로 갔고, 그녀를 설득하려다 오히려 더 강한 이별 선고를 받았습니다. 성재는 계속 다가갔지만 그럴수록 둘 사이는 멀어졌지요.

얼마의 시간이 흐른 후 그녀가 만나자고 해서 나갔더니 영국으로 유학을 간다는 겁니다. 초등학교 동창이 영국에 있는데 그 친구가 그곳에서 같이 공부하자는 겁니다. 그날 집에 돌아와서 멍하니 앉아 생각했습니다. 그녀가 영국으로 가면 그것으로 나와 그녀는 끝이라는 생각이 들었습니다. 왠지 그녀가 이곳을 떠나 그 동창이라는 사람과 결혼해 버릴 것 같았습니다. 며칠을 고민하며 보내던 나는 그녀에게 만나자고 했습니다. 그리고 고백했습니다.

"나 사실 너를 좋아해. 성재 때문에 내 마음을 숨겼지만 이제 네가 성재와 사귀는 것도 아니니까 말할게. 이대로 너를 보낼 수가 없어. 널 많이 좋아해. 유학 가지 말아줘."

얘기를 하다 그만 나는 울고 말았습니다. 그녀는 시간을 좀 달라고 했습니다. 그리고 한 달 뒤에 우리는 커플이 되었습니다. 비록 비밀 연애였지만 사귀고 나서 2년 후에 결혼으로 이어졌습니다.

청첩장을 본 성재는 나를 찾아와 멱살을 잡고 "나쁜 놈! 의리를 찜쪄 먹은 놈" 하고 따귀를 때렸습니다. 친구들도 뒤에서 나를 비난했습니다. 전후 사정을 설명하려고 했지만 내 얘기를 듣지도 않았습니다. 어느덧 결혼한 지 3년이 되었네요. 소문을 듣자 하니 성재도 아리따운 아가씨와 교제 중이라고 합니다. 성재의 행복을 간절히 빌면서 언젠가는 자기 여자친구를 내가 빼앗은 게 아니라는 것을 꼭 알게 되기를 바랄 뿐입니다.

사랑의 화살표는 왜 이다지 멋대로일까. 친구의 여자친구
니까 그래선 안 되는 줄 알면서도 보고 싶어서, 걷잡을 수
없이 생각나서 계속 직진하게 되는 경우가 꽤 많다. 연예
인들의 경우도 A가 B를 좋아하고 B는 C를 좋아하고 C는
D를 좋아하는 일을 많이 보았다. 서로에게 화살표를 향하
면 쉽게 행복할 수 있는데 모두 다른 사람을 선망하고 있
으니 이게 화살표의 짓궂은 장난이지 싶다. 그래도 그중
한 커플은 최근 맺어졌다는 소식을 들었으니 그나마 다행
이다.

그러고 보면 사랑은 열 명 중에 두 명 정도가 웃고 여덟 명
은 우는 게임인 것 같다. 만나면 다른 생각은 잊어버리고
오로지 둘에게 집중하게 되면 사랑에 빠졌다는 증거다. 그
런데 성사된 한 커플이 웃으면 그 커플을 각자 좋아하던
다른 사람은 울어야 한다. 친구의 연인과 이어진 경우도
알고 보면 원래 그렇게 화살표가 이어졌어야 했는데 잠시
다른 곳에 꽂혀 있다가 돌아왔다는 생각이 들기도 한다.
처음에 단추가 잘못 끼워진 경우라면 잘못 끼워진 단추를
풀어서 다시 끼우는 게 서로에게 좋다는 얘기다.

그러면 나를 좋아하고 있다는 것을 어떻게 알 수 있을까? 남자가 여자에게 반했다는 신호는 이런 것들이다. 당신의 변한 헤어스타일이 예쁘다고 말한다. 커피를 좋아하는 당신을 위해서 늘 커피를 챙겨주고 때때로 시선을 물끄러미 응시한다. 그리고 평상시에 당신이 지나가듯 말한 아주 사소한 것을 기억한다. 집에 안전하게 도착할 때까지 귀가 서비스를 해주고 싶어 한다. 무엇보다 바쁜 와중에도 시간을 내서 당신을 만나려 한다. 모두 사랑의 조짐들이다. 물론 인연과 필연이 작용하지만 노력도 한몫한다. 영화 〈엽기적인 그녀〉에 나오는 대사를 기억하는지? 우연이란 노력하는 사람에게 운명이 놓아주는 다리라는 것을.

미안하지만 사랑해요

부모님이 일찍 세상을 떠나셔서 세 분의 이모들과 모든 일을 의논하고 의지하며 살았습니다. 이모들은 살아가는 데 참 많은 도움을 주셨습니다. 고등학교를 졸업하고 3년이 지나도록 취업하지 못하고 있자 보다 못한 막내 이모가 자신이 운영하던 미용실로 와서 기술을 배우라고 하셨습니다. 이모 밑에서 미용 기술을 배우며 학원을 다니던 시절에 미용실에서 그를 만났습니다. 그날은 이모가 일이 있으셔서 먼저 나가셨고 마무리 청소와 뒷정리를 하고 혼자 문을 닫으려는데 한 남자가 급히 들어왔습니다.

"지금 머리 자를 수 있어요?"

"원장님은 퇴근하셨고 지금 문 닫을 시간이에요. 내일 오세요."

"요기 앞머리가 너무 길어서 눈썹을 찌르거든요. 이것만 좀 잘라주시면 안 될까요?"

"죄송해요. 저는 스태프라서 가위를 들면 안 돼요. 내일 오세요. 죄송해요."

"부탁합니다. 내일 아침 일찍 일이 있는데 머리가 지저분해서 그래요. 부탁드릴게요. 그쪽이 가위 들었다는 거 소문도 안 낼 거고요."

마지못해 미용실 문을 닫고 그의 머리를 다듬어주었습니다. 그가 거울로 미용실 내부를 둘러보더니 말을 걸었습니다.

"오늘 누구 생일이신가 봐요? 케이크가 있네요."

"아, 오늘 제 생일이에요. 먹던 거지만 좀 드실래요? 머리 감기고 나서 드릴게요."

"괜찮아요. 집에 가서 가족들 드리세요."

"저는 가족이 없어요. 생일 케이크 받은 것만 해도 오늘 기분 최고예요. 저런 거 받아본 것도 십 년 만에 처음이네요."

이상하게 처음 보는 손님 앞에서 안 해도 될 말들을 참 자연스럽게 꺼내게 되었습니다. 그가 자꾸 묻기도 했고요. 머리를 감겨주고 말려주는 동안 든 생각은 그가 비록 미남형은 아니지만 인상이나 풍기는 분위기가 내가 꿈에서 그리던 남자라는 것이었습니다. 돈을 받지 않겠다고 하자 그가 고맙다면서 생일이니 저녁을 사주겠다고 했습니다. 얼떨결에 그와 데이트를 했습니다.

그는 참 착한 남자였습니다. 내가 불쌍해 보였는지 여태껏 내가 가보지 못한 멋진 레스토랑에서 밥을 사주며 힘내고 살라고 좋은 말을 많이 해주었습니다. 나도 그에 대해서 많이 물어보았고 그도 친절히 대답해 주었지요. 그는 대학을 졸업하고 얼마 전에 입사해 지금 이곳으로 잠시 파견근무를 나왔다고 합니다. 내게 연민을 많이 느꼈던 걸까요, 아니면 이 낯선 지방에서 외로웠던 걸까요? 2차로 술을 마시고 우리 둘 다 취해서 그만 그날 밤 같이 시간을 보내고 말았습니다.

그 후 문자를 몇 번 주고받았고 더 만나지는 못한 채 그는 이곳 근무를 마치고 서울로 떠났습니다. 문제는 그가 떠난 지 몇 달이 지나서였습니다. 이모가 자꾸 캐물었습니다.

"솔직히 말해 봐. 너 배가 좀 이상한데 임신한 거 아니야? 내 눈은 못 속인다. 어서 털어놔."

"실은 이모 말이 맞아. 나랑 병원에 가서 이거 없던 일로 하게 좀 도와주면 안 돼? 이모, 제발 부탁이야."

"그걸 지금 말이라고 해? 누구니? 대체 누구야? 빨리 말하지 못해?"

어쩔 수 없이 이모에게 사실대로 털어놓았습니다. 이 일로 다른 이모들까지 모두 달려왔습니다. 그와도 몇 번 통화했지만 그가 너무 바빠서 만나러 오지 못하자 이모들이 서울에 있는 그의 회사로 찾아갔습니다. 그날 밤 그에게서 전화가 왔습니다.

"미안해요. 고생하는 거 알면서도 제가 너무 당황해서 망설였어요. 미안해요."

"나도 미안해요. 연락 안 하려고 했는데…… 정말 미안해요."

"우리 결혼해요. 아이가 생겼으니 결혼해야죠."

"그건 말도 안 돼요. 우리 이모들 말 그대로 따르지 마세요. 그리고 제가 싫어요. 이렇게 결혼하는 건 말도 안 돼요."

하지만 참 많은 사연을 거쳐 우리는 결혼하게 되었습니다. 그의 부모님은 미국에 계셔서 신랑 가족은 오지 않은 채 일사천리로 진행되었지요. 뱃속에 있던 아들도 낳았습니다. 그런데 그에게 사귀던 여자가 있었다는 사실을 알게 되었습니다. 그 여자는 미국에 살고 있었고 그와 오래 사귀어온 사람이었습니다. 우리가 결혼하게 된 사정을 듣고 그녀도 눈물 속에서 지내고 있다고 합니다. 그 이야기들을 나에게 솔직히 다 전해 주며 그도 울었고 나도 울었습니다.

그런데 아이의 백일이 지난 직후 그가 사라졌습니다. 회사에 사직서를 내고 "자기 인생에 대해서 생각해 보고 싶다"며 기다려달라는 긴 편지와 통장을 남긴 채 떠났습니다. 그리고 지금 1년 반이 지났습니다. 이모들은 나 보고 불쌍하다고 눈물지으며 미국으로 찾아가겠다고 했지만 이제는 내가 화를 내며 말리고 있습니다. 이모들이 자꾸 그러면 나도 사라지겠다고 말입니다. 나는 그가 다시 올 것을 믿거든요. 그래서 기다리고 있습니다. 그의 착한 마음을 알기에……. 그는 분명히 돌아올 것입니다.

한 번의 술자리로 가끔 이런 일이 벌어지기도 한다. 대학 시절에 저지른 단 한 번의 실수로 평생 그 실수의 감옥에서 사는 남자도 보았다. 남자뿐만 아니라 여자도 마찬가지일 듯하다. 실수의 대상이 되는 건 얼마나 처참한 일이겠는가. 사랑받는 것이 아니라 실수한 대가를 받는 것이니말이다. 여자에게 사랑은 나무에게 뿌려주는 물과 같다.

그를 향한 그리움의 길이 광대하게 뻗어 있다면 여자는 그것만으로도 행복할지 모른다. 내 심장을 뛰게 하는 남자가있다면 그와 같은 동네, 같은 회사, 같은 하늘을 이고 사는것만으로도 행복할 수 있다. 그런데 나를 사랑하지 않는남자와 평생을 묶여서 살아야 한다면 설령 내가 그를 사랑한다고 해도 그건 두 사람 모두에게 형벌 같은 일이다. 그가 나를 사랑하지 않아도 내가 그를 사랑하니까 괜찮다고? 그의 몸이 집 안에 있을지라도 그의 마음과 그의 눈빛은 다른 데로 향하고 있는데 과연 일상이 온전할 수 있을까? 그의 정신이 다른 데에 거주하고 늘 마음이 외출 중이라면 로봇이 아닌 이상 참 견디기 힘들 것이다.

여자는 남자의 사랑을 받을 때 머리카락에도 반짝반짝 윤이 나고 마음에서도 온기가 피어난다. 노벨문학상을 받은 프랑스 소설가 로맹 롤랑도 이런 말을 남겼다.

"사랑할 때는 사상 따위가 문제가 안 된다. 내가 사랑하는 여자가 음악을 좋아하는가 어떤가는 문제가 아니다. 결국 어떤 사상에도 우열을 결정하기란 힘들다. 세상에는 오직 하나만의 진리가 있을 뿐이다. 그것은 서로 사랑하는 것이다."

결혼에서도 오직 하나의 진리가 있을 뿐이다. 그것은 서로 사랑하는 것이다. 서로 사랑하는 마음이 있을 때 모든 난관을 다 헤쳐 나갈 수 있기에 사랑이 없는 결혼에 대해서는 이렇게 말할 수밖에 없다.

"어쩌려고? 대체 어쩌려고?"

단, 기다리고 또 기다리면서도 자기 자신을 지탱할 수 있는 기다림의 천재라면, 인내의 여왕이라면 예외일 수는 있겠다. 하지만 그 과정은 너무 고독하고 슬프다.

그대에게 장미 73송이를

30년 전, 그러니까 내 나이 스물여덟 살이던 그해 4월, 그녀를 만났습니다. 모 단체에서 주최한 심포지엄에서 그녀는 진행 요원으로, 나는 교수님을 따라 간 조교로 만났습니다.

"학생! 김 교수님 조교 맞죠? 교수님이 아주 똑똑한 제자를 두어 좋으시겠습니다. 일을 참 빨리 진행해 줘서 내가 편했거든요."

나를 칭찬해 주는 그분에게 꾸벅 절을 하고 뭔가 그녀에게 더 말을 하고 싶었는데 입이 떨어지지 않았습니다. 그날 그녀의 모든 것이 멋져 보였습니다. 그녀의 나이 마흔셋. 나보다 열다섯 살 위인 분인데 내 눈에 그녀가 여자로 느껴졌습니다.

'이분의 남편은 누구일까? 참 좋겠다.'

왜 그때 그런 생각을 했는지 모르겠습니다. 얼마 후 교수님 심부름으로 선물을 들고 그분의 집을 방문할 기회가 있었습니다. 이런 여성의 남편은 어떤 분일까, 집은 어떤 분위기일까, 아이는 몇일까, 여러 가지로 궁금했습니다. 그런데 그날 나는 그분이 독신이며 아직 미혼이라는 사실을 알 수 있었습니다. 그녀가 끓여주는 차와 과일을 먹으며 함께 일상적인 대화를 나누었습니다.

"김 교수님이 조교 자랑을 많이 하셨어요. 일 참 잘하고 진지하다고. 이번에 일하면서 나도 그걸 느꼈어요."

"과찬이세요."

"여자친구는 있어요?"

"없습니다."

"내가 소개해 줄까요?"

"아, 저야 영광입니다."

그날 그녀와 이런저런 대화를 나누고 그 집을 나왔습니다. 함께 나눈 이야기들이 자꾸 머릿속을 맴돌았습니다. 그녀가 독신인 사실이 왜 그렇게 기뻤는지 모르겠습니다. 정류장으로 걸어가는데 밤하늘의 별이 유난히 반짝였습니다. 그때부터 나의 짝사랑이 시작되었습니다. 그녀와의 나이 차를 생각하며 내가 품은 마음이 말도 안 되는 거라고 스스로를 많이 책망했습니다.

'나 미쳤나 봐.'

스스로 마음을 다잡으려고 소개팅을 통해 다른 여자들을 무수히 만나고 다녔습니다. 하지만 소용이 없었습니다.

1년 후 그 단체가 주최하는 세미나가 열렸습니다. 이번에는 그분과 더욱 많은 연락을 주고받았습니다. 만날수록 더 좋아지는 그녀. 이제 내 감정은 걷잡을 수 없이 깊어졌습니다. 친구에게 말했더니 친구가 그녀를 보고 싶어 했습니다. 그래서 그녀 모르게 친구와 함께 그녀가 근무하는 곳에 가서 몰래 보고 왔습니다. 친구는 "너 미쳤어? 저 나이 든 여자가 뭐가 좋다고. 이해가 안 된다"라며 정신 차리라고 내 머리를 때렸습니다. 친구의 면박에도 내 마음은 멈추지 않았고요.

"차라리 만나봐. 그래야 깨지지. 네가 상사병에 걸려도 아주 단단히 걸렸다."

친구의 이해와 권유로 결국 그분에게 전화를 걸었습니다. 그리고 만났습니다.

"박 조교, 오늘은 교수님 일이 아니라면서요?"

"저, 선생님. 제가 선생님을 좋아해요."

"뭐?"

"선생님을 좋아한다고요. 이성으로요."

"지금 나를 놀리려는 거죠?"

"진심입니다. 그동안 잠도 잘 못 잤습니다. 선생님을 사랑합니다."

순간 표정이 일그러지며 그녀는 내 뺨을 때렸습니다. 그러고는 또 한 번 뺨을 때렸습니다. 그녀가 온갖 인상을 구기며 또박또박 말했습니다.

"한 대는 나를 능멸한 데 대해 혼낸 것이고, 한 대는 정신 차리라는 뜻이에요. 어서 가요. 내가 혼자 살아서 우습게 보여요?"

그녀가 나를 노려보다가 휙 돌아서는데 그녀의 눈에 눈물이 비치는 걸 보았습니다. 아마 내가 자신을 놀렸다고 생각해서 보이는 굴욕의 눈물인 것 같았습니다.

"선생님, 오해하신 거예요. 저 정말 선생님을 좋아한다고요! 제 평생을 걸고 사랑을 증명해 보이겠습니다."

나는 그녀의 생일마다 장미꽃을 들고 찾아가기도 하고 부모님에게 말씀드렸다가 미친 놈 취급을 받기도 했습니다. 그녀가 오십이 되기 전에 이루려고 한 내 사랑, 그 후에는 그녀가 육십이 되기 전에, 또 칠십이 되기 전에 이루려고 했습니다. 그런데 그녀는 여전히 받아주지 않았습니다. 부모님도 내 사랑을 인정하지 않았고요. 그동안 나는 회사에 취직해서 일해 왔고 이제 퇴직을 눈앞에 두고 있습니다. 내 나이 쉰여덟. 그녀의 일흔세 살 생일이 머지않았습니다. 나의 소원은 그녀와 결혼하는 것입니다.

"당신을 만난 후부터 단 하루도 당신을 사랑하지 않은 날이 없습니다. 존경하고 좋아하고 아끼고 걱정하고 오로지 당신만 생각합니다. 나는 당신을 사랑하기 위해 지구에 태어났습니다. 열다섯 살의 나이 차이 때문에 후회하는 인생을 살다가 생을 마감하고 싶지 않습니다. 제 사랑을 이제는 제발 받아주세요."

이런 고백과 함께 그녀가 좋아하는 노란 장미 73송이를 선물할 생각입니다. 30년간 단 하루도 빠지지 않고 사랑한 그녀. 이제 가족들도 두 손 두 발 다 들었습니다. 그녀를 사랑해 온 나의 30년은 눈물의 역사입니다.

10년 넘게 한 사람을 마음에 두는 일은 보석보다 더 아름답다. 그것은 인생의 아주 귀한 선물이다. 하물며 30년이나 같은 마음이라면 그건 세상에서 가장 빛나는 사랑의 결정체라는 생각이 든다. 누가 사랑을 가볍다고 하는가. 누가 사랑을 단기적이라고 하는가. 진정한 사랑은 평생이 될 그리움 속에서도 쉽게 놓지 못하는 것이다. 사랑은 스스로 와서 나에게 안기는 것이 아니다. 만들어서 내 힘으로 안아야 완성된다. 하지만 그게 힘들다는 걸 알기에 존경과 감탄과 경이를 바치게 된다.

비디오 아티스트 백남준을 사랑한 일본 여인 구보타 시게코의 순애보도 감동적이다. 그녀는 "피아노를 부수는 괴짜 예술가 백남준"이라는 보도기사를 본 순간 그에게 반해버렸다. 그녀도 여성 예술가였다. 그녀는 어머니에게 이렇게 외쳤다.

"이 남자 백남준과 꼭 결혼하겠다."

신문기사를 오려서 벽에 붙여두고 '이 사람을 언젠가 내 남자로 만들고 말겠어'라는 주문을 외웠다. 그러나 그 사랑은 결코 쉽지 않았다. 그녀가 다가갈수록 백남준은 도망

갔다. 그에게 사랑은 자유와 예술을 방해하는 요소였던 것이다. 구보타는 자신의 인생에서 사랑은 오직 백남준 한 사람이라고 믿었다. 그를 귀찮게 하지도 않았고 그저 그림자처럼 보필하며 따라다녔다. 둘은 결국 만난 지 14년 만에 결혼했다.

결혼 후에도 백남준은 전과 똑같이 자유분방했지만 구보타는 무조건 이해했다. 백남준이 쓰러지고 나서는 10년 동안 그를 간호하면서 "남편이 아프고 나서야 비로소 그의 아내가 된 기분"이라고 표현했다. 2003년 백남준은 비로소 그녀에게 "위대한 아내이고, 위대한 요리사이고, 위대한 간호사이고, 위대한 작가"라며 사랑하고 존경한다고 말했다. 그리고 3년 후 세상을 떠났다. 그녀는 남편을 떠나보내며 이렇게 말했다.

"어린아이처럼 천진하고 우주처럼 심오했던 남자 백남준과 함께한 삶에 감사한다."

평생을 걸고 사랑하는 마음은 생의 큰 축복이다. 사랑하는 사람과 산다면 오두막도 행복하지만 사랑이 없는 사람과 산다면 큰 궁궐도 외롭고 허망하다. 사랑이 있는 한 지구라는 별은 계속 빛날 것이다. 그리움이라는 지상 최고의 선물을 안고 사는 사람들에게 애국가 같은 시가 있다. 바로 러시아 시인 라줄 감자도프의 「사랑의 노래」이다.

만약 그대를 천 명의 사나이가 사랑한다면
그 천 명 중에 나도 끼어 있을 거요.
만약 그대를 백 명의 사나이가 사랑한다면
그 백 명 중에 나도 끼어 있을 거요.
만약 그대를 열 명의 사나이가 사랑한다면
그 열 명 중 하나는 나일 거요.
그리고 그대를 사랑하는 사나이가 단 한 사람뿐이라면
그 사람이 나라는 걸 그대는 알 거요.
그러나 그대를 사랑하는 사나이가 하나도 없게 된다면
그때는 내가 죽었다는 걸 알게 될 거요.

여전히 당신을 사랑해요

그 사람은 나보다 다섯 살 많은, 우리 작은오빠의 친구였습니다. 그가 우리 집에 놀러 와서 나에게 말했습니다.

"너 남자친구 없지? 나는 어때?"

그의 말에 부끄러워서 내 얼굴이 빨개졌습니다. 그 오빠의 이름은 구자돈. 이름이 특이해서 기억에 남았습니다. 그가 몇 번 우리 집을 다녀간 후 작은오빠가 그에 대해 아주 좋게 말했습니다. 다른 친구는 못 믿어도 그 친구만큼은 믿을 수 있다고. 그러면서 만나보라고 권했습니다. 그때 나는 남자친구도 제대로 사귀어보지 못한 풋내기였기에 그런 상황 속에서 마냥 부끄러워했습니다. 오빠는 몇 번이고 자기가 보증하는 괜찮은 친구라며 우리를 엮어주고 싶어 했습니다.

어느 날 퇴근하고 돌아오는데 집 앞 골목길에서 그가 기다리고 서 있는 것이 보였습니다.

"잘 있었어? 추운데 오늘도 수고했네. 저기, 오빠가 너 정말 좋아하
는데 오빠 만나주면 안 될까?"

"네? 그, 그럼 그렇게 하세요."

"야호! 너 지금 허락한 거지? 그럼 오늘부터 우리 사귀는 사이 맞는
거다?"

그는 세상을 다 얻은 듯이 기뻐하며 나를 번쩍 안아들었습니다. 우
리는 달콤한 연애를 했습니다. 나는 서울, 그 사람은 경기도에 살고 있
어서 자주 데이트를 하지 못했는데 그는 가끔 평일 퇴근 시간에 불쑥
불쑥 회사로 찾아왔습니다.

"나 곧 가봐야 해. 한 시간밖에 여유가 없어."

"근데 왜 왔어요?"

"너 보고 싶어서 견딜 수가 있어야지."

그는 내 얼굴을 보고 또 보면서 맛있는 저녁을 사주고 부랴부랴 돌
아갔습니다. 어떤 날에는 작은 선물을 건네더니 이제 얼굴 봤으니 됐다
며 발길을 돌리기도 했습니다.

그렇게 사랑을 키워가다가 서로에게 완전한 반쪽이라 여기고 많은
사람들의 축복 속에서 결혼식을 올렸습니다. 큰딸, 작은딸을 낳고 막내
로 아들을 낳아 키웠습니다. 그는 툭하면 내 손을 잡아당기면서 말하곤
했습니다.

"아이고, 이 손 좀 봐. 나 만나서 고생 하나도 안 해서 참 예쁘네. 남
편 잘 만나서 좋겠다. 하하하!"

나를 웃게 하는 우리 남편. 그런데 아들의 돌잔치를 치르고 몇 달 후의 일이었습니다. 남편은 '소 중개상' 일을 하고 있었는데 새벽 우시장에 일하러 나가려고 옷을 입는 남편에게 내가 말했습니다.

"자기야, 올 때 빵 좀 사와. 나 빵이 먹고 싶어."

"알았어. 내가 빵 한 가마니 사올게."

빵을 좋아하는 나를 위해 종종 빵을 사주던 그였지만 그즈음은 계속 바빠서 잘 사오지 못한 게 미안했나 봅니다. 그날 꼭 빵을 종류별로 다 사다주겠다며 약속을 하고 그는 집을 나섰습니다. 행복이 무엇인지를 보여주는 사람이었습니다. 그런데 몇 시간 뒤, 아직 동트기 전의 깜깜한 새벽에 울린 집 전화벨 소리는 유난히 컸습니다. 수화기를 들자마자 저편에서 급한 목소리가 들렸습니다.

"구자돈 씨 댁이죠? 잠깐 병원으로 와주셔야겠습니다. 남편 분이 교통사고로 사망하셨어요."

그 사람은 인사도 없이 갑자기 우리 곁을 떠났습니다. 그의 주머니에는 이런 메모가 들어 있었습니다.

"빵집 꼭 들를 것. 빵 많이 사다줄 것."

메모지를 품에 안고 나는 울고 또 울었습니다. 정신이 나간 사람처럼 울다가 쓰러지고 갑자기 아이들에게 "아빠 왔어! 얘들아, 아빠 오셨다!"라고 외치며 실성한 듯 하루하루를 보냈습니다. 울다 지치면 마치 그 사람이 들어올 것 같아 현관문 앞에서 멍하니 앉아 기다렸습니다.

그렇게 살다가 문득 정신을 차려보니 그가 남긴 분신 같은 아이들이 나만 바라보고 치침하게 있너라고요. 애들을 안고 하염없이 울다가 깨달았습니다.

'내가 정신을 차리지 않으면 애들이 죽겠구나.'

그때부터 이를 악물고 닥치는 대로 일을 하며 아이들을 키웠습니다. 아빠 없는 애들이라는 말을 듣게 하고 싶지 않아서 할 수 있는 한 가장 깨끗하고 예의바르게 키우느라 혼내기도 많이 혼냈지요. 크게 혼을 낸 날에는 괜히 아이들에게 미안해서 혼자 몰래 울었습니다. 먼저 가버린 남편이 밉고 원망스럽지만 그래도 남은 우리 네 식구 똘똘 뭉쳐서 힘든 시간들을 이겨냈습니다. 사춘기를 잘 지내고 있는 아들이 어느 날 이렇게 말하더라고요.

"엄마, 내가 비행청소년이 되지 않은 건 엄마와의 의리를 지킨 거야. 그건 알아야 해요."

그러면서 날 껴안아주던 아들, 그리고 듬직한 두 딸. 오늘도 하늘을 보며 남편에게 말합니다.

"여보, 시간이 흘러서 내가 하늘나라에 가면 당신이 남기고 간 우리 아이들을 당신 몫까지 이렇게 훌륭히 키운 거 칭찬해 줄 거죠? 언젠가 다시 만나면 지상에서 못다 한 우리 사랑 다시 하게 되겠죠? 여전히 당신을 사랑해요."

ㄴ Reply

사랑은 무지개를 타고 오지만 빠져 나갈 때는 바람을 타고
한순간에 사라지기도 한다. 늘 함께 기대던 사람이 혼자
떠나버렸을 때 지구별은 가장 참혹하고 외로운 별로 느껴
진다. 한 친구가 문득 떠오른다. 그 친구는 예전에 만났던
남자친구를 한번 만나보는 게 꿈이라고 했다. 대학 시절
내내 만나다 헤어진 그 남자가 지금 어떻게 됐는지 모르는
상황이었다. 결혼해서 잘 살고 있지만 남편이 워낙 바람둥
이라 예전에 자기밖에 몰라주던 순정파 남자친구가 그리
워진 모양이다. 새해 소원을 빌 때마다 "올해는 그를 한번
보고 싶다"고 소원을 빌 정도였다. 그러다 몇 년 전 가을
그의 소식을 듣게 되었다. 그가 이미 20년 전 간암으로 세
상을 떠났다는 것이다.

친구는 울면서 몇 달 무너져 지냈다. 한 번쯤 꼭 보고 싶었
던 사람이 이미 지구상에 없다는 사실이 못 견디게 슬프다
고 했다. 잊을 수 없는 인연이 이제는 이 생과 저 생에 나
뉘어 있다고 생각하며 허망감에 목 놓아 울었다. 이렇게
떨어져 있던 사람도 그 자리가 비어 있으면 이렇게도 슬픈
데 살을 부비고 살던 사람이 떠난다면 어떤 기분일까.

스페인의 천재 화가 살바도르 달리도 그런 경우였다(단테에게 베아트리체가 있었다면 달리에게는 갈라가 있었다). 달리는 아내인 갈라에게만 매달렸다. 아내가 아파서 병원에 입원하자 "이러다 갈라가 세상을 떠나버리면 어쩌지?" 하고 그녀를 잃을지 모른다는 불안감에 의사의 가운에 매달려 하염없이 울부짖었다고 한다. 그러다 그의 나이 79세 때 갈라가 세상을 떠나자 충격을 받고 병상에서 힘든 시절을 보냈고, 6년 뒤 그도 하늘에 있는 갈라의 곁으로 떠났다.

오늘에도 달리와 같은 여보바보, 당신바보가 많다. 어느 날 갑자기 그 사람이 예고도 없이 떠났을 때 멘붕인 채로 살다가 뒤따라가는 사람들. 긴 인연이 있는가 하면 짧은 인연도 있다. 갑자기 한쪽이 떠나버렸을 때 아이들이 있다면 떠난 사람보다 남겨진 아이들을 생각해야 하는 생존의 처참한 본능이 발동되기도 한다. 아이들을 사랑하는 일은 그 사람을 사랑하는 방법이기 때문이다. 사랑의 힘은 이 세상 어떤 것보다 위대하다. 인도의 시성 타고르는 말했다. "선善은 문을 두드리지만 사랑은 문이 열려 있음을 안다."

이 계절, 그 열려 있음에 전율하고 감각하기를.

닫는 글

누군가가 좋아진 날

그날부터 삶은

이유 없이
가슴이 두근거리다가
피식 웃음이 나오다가
의지와 다르게 눈물이 흐르다가
바보처럼 어쩔 줄 모르다가
천국을 만난 듯한 충만감이 들기도 합니다.

바로 누군가가 진정 좋아진 날부터입니다.

이 책이
사랑의 길을 찾는 데
티끌만큼이라도 도움이 될 수 있다면
저도 행복할 거예요.

사랑합니다.

사랑을 돌아보았을 때
기쁘든 슬프든 눈물이 없다면
그것은 시간을 허비한 것이다.

당신이 좋아진 날

1판 1쇄 발행 2014년 3월 20일
1판 3쇄 발행 2014년 5월 20일

지은이 송정연

발행인 양원석
편집장 김순미
책임편집 김민정
전산편집 김미선
해외저작권 황지현, 지소연
제작 문태일, 김수진
영업마케팅 김경만, 정재만, 곽희은, 임충진, 김민수, 장현기, 임우열
        송기현, 우지연, 정미진, 윤선미, 이선미, 최경민

펴낸 곳 ㈜알에이치코리아
주소 서울시 금천구 가산디지털2로 53, 20층(가산동, 한라시그마밸리)
편집문의 02-6443-8841 구입문의 02-6443-8838
홈페이지 http://rhk.co.kr
등록 2004년 1월 15일 제2-3726호

ISBN 978-89-255-5249-1 (03810)

RHK 는 랜덤하우스코리아의 새 이름입니다.